KB060927

다행히 괜찮은 어른이 되었습니다

다행히 괜찮은 어른이 되었습니다

미래가 두려운 십대에게 보내는 편지

김혜정 지음

(주)자음과모음

차례

편지를 쓰기 전에 : 미래에서 온 편지

안녕, 혜정.

난 미래의 김혜정이야. 정확히 말하자면 지금 나는 서른아홉으로, 너보다 스무 살 이상 많아.

미래에서 온 편지라니, 2021년이 되면 막 과거에서 편지도 보낼 수 있는 건가, 궁금하지? 어느 정도는 맞고, 어느 정도는 틀려.

우선 네가 가장 궁금해할 사실을 알려 줄게.

난 네가 원하는 대로 작가가 됐어. '청소년 소설'과 '동화'를 쓰고 있어. 지금 너, '엥?' 하고 놀랐을 거야. 생각도 못 한 분야니까. 그런데 인생은 종종, 아니 자주 예상치 못한 대로 흘러가.

청소년 소설을 쓰다 보니까, 난 십대를 벗어난 지 얼마 되지 않았을 때부터 십대들을 만나기 시작했어. 청소년 대상 강연을 많이 했거든.

십대들을 만나면 부러운 생각은 거의 들지 않아. '와, 어려서 좋겠다'라는 생각은 5퍼센트 정도고, 95퍼센트는 '아, 진짜 다행이다. 나는 저 시절을 지나갔잖아' 하고 생각해. 십대의 나는 힘들었으니까.

얼마 전 한 중학교에 강연을 갔어. 강연이 끝나고 질문하는 시간이 있거든. 주로 내가 쓴 책에 대해 묻는데, 그 아이의 질문은 달랐어. 나의 학창 시절이 어땠느냐고 묻더라. 나는 잠깐 생각했다가 대답했어.

아주 많이 힘들었다고. 다시 돌아가라고 하면 절대로 싫다고 말이야.

나는 기억력이 아주 좋잖아. 친구들은 너를 그렇게 부

르기도 했지. '미친 기억력'이라고. 나는 지금도 중학교 2학년 때의 내가 감정을 주체하지 못하고 폭발했던 일을, 고등학교 1학년 때 친구를 사귀지 못해 외로웠던 시간을, 고3 때 입시를 앞두고 불안감에 구토하던 모습을 생생하게 기억하고 있어.

강연이 끝나고 집으로 돌아오면서 내가 너무 솔직하게 이야기했나 싶어서 조금은 걱정이 됐어. 좋은 점도 있었을 텐데, 너무 나쁘게만 이야기한 게 아닌가 미안했어. 나는 이미 다 지나왔지만, 질문한 아이는 아직 몇 년을 더 십대로 살아야 하잖아.

다음 날 담당 선생님한테 연락이 왔어. 혹시 질문했던 학생을 기억하느냐고 말이야. '어이쿠, 역시 내가 말을 잘못했나 보다' 하고 뜨끔했어.

선생님은 그 아이가 질문하는 걸 보고 놀랐대. 수업 시간에 무기력하고 가끔 무단결석도 하는 학생인데, 얼마 전 수업 시간에 그 아이가 쓴 시에서 아이가 처한 상황과 그 상황을 힘겹게 버티고 있다는 것을 발견하고 걱정을 많이 하고 계셨대. 평소 수업 시간에 질문이 없던 학생이라 질문하는 것도 놀라웠는데, 내 답변을 듣고 좀 안심을 했다고 말했다는 거야. 자기만 힘든 게 아니구나, 저 작가도 나 같은 시절을 지났는데 다행히 멀쩡한 어른이 되었구나, 싶었대.

나는 그 아이 말대로 제법 멀쩡한, 나름 괜찮은 어른이 되었어. 다행이지 뭐야. 힘든 시기를 잘 보냈으니까.

그런데 너는 아니잖아.

평행우주가 있다면 지금 나는 서른아홉 살이지만 어디선가 열다섯 살의 김혜정이 동시에 살고 있을 거잖아. 십대인 나는 무진장 울며 웃으며 요동치고 있을 게 분명해.

너 힘들지? 알아, 얼마나 힘들지.

나는 너에게 안부 인사를 종종 보냈어. 혹시 내 인사 받았니?

나는 평행우주를 믿어. 평행우주론에 따르면 너의 미

래가 나랑 똑같지는 않을 거야. 그러니까 더욱 편지를 보내서 말해 주고 싶어. 그날 질문했던 그 아이가 어쩌면 과거의 나였을 수도 있으니까. 아니, 어디선가 평행우주 속의 나일 수도 있어!

누구보다 나는 널 잘 알아. 네가 힘들어할 때 네 옆에 앉아서 따듯한 차와 달콤한 쿠키를 먹으며 위로를 보내주고 싶고, 어려워할 때 조금이라도 나은 방법을 조언해 주고 싶고, 별 도움도 안 되는 고민을 하고 있을 땐 따끔하게 그만하라고 말해 주고 싶어.

너는 나보다 더 잘 살 수 있을 거야. 하지만 혹여 나보다 못 살게 되면 속상하고 미안하니까.

잘 지내느냐는, 언젠간 다 지나간다는 '안부' 그거로는 안 되겠더라. 그래서 결심했어. 너에게 진짜 편지를 보내기로!

십대 때 나는 자주 미래의 내가 되어 편지를 썼어. 너무 힘들 때, 20년 후 가상의 내가 되어 편지를 쓰는 거지. 지금 나는 그 일들을 무사히 잘 이겨 냈고, 잘 지내고 있다고 말이야. 열다섯 살의 내가 서른다섯 살이 된 척하고 편지를 썼어. (이건 지금도 하고 있어. 서른아홉 살인 나는 마흔아홉 살이나 쉰아홉 살의 내가 되어 현재 서른아홉 살에게 편지를 써 주곤 해.) 이제까지의 편지들은 미래를 가정하고 썼다면, 이건 어른이 된 내가 십대인 너에게 보내는 편지야.

나는 자주 과거의 나였던 너를 생각해. 내가 만났던 청소년들이 바로 과거의 나였고, 그 아이들이 내게 한 질문들은 예전의 내가 궁금했던 것과 비슷하거나 같았어.

지금까진 내가 만났던 십대들에게 이야기를 했다면, 이제는 누구도 아닌 '나'에게 말을 걸어 보려고.

긴장해. 좋은 소리만 하지 않을 거야. 그래도 너무 걱정마. 남도 아닌 나한테 듣는 쓴소리(?)니까 좀 참을 수 있지 않겠어?

그러니까 내 편지를 받아 줘.

1장

시험 기간을 보내는 나에게

시험을 앞두고 불안해

"이번 기말고사 영어 시험에서 한 개라도 틀리면 원하는 고등학교에 못 가요. 그 생각을 하면 걱정돼서 공부가 안 돼요. 시험 볼 때 실수라도 하면 어떡하죠."

중3 학생이 이 질문을 했을 때, 딱 나의 그때가 떠오르더라고. 나도 그랬으니까. 내가 가고 싶었던 고등학교에 원서를 내기 위해서는 그 학교에서 요구한 성적이 필요했어. 중학교 1학년 때 성적은 좋았지만 2학년 때 좋지 않았어. 3학년 때 만회하지 않으면 1차 서류 심사를 아예 통과하지 못해. 과연 시험을 잘 볼 수 있을지 얼마나 걱정이 컸는지 몰라. 가슴은 답답하고 조마조마해.

이번 시험을 잘 봐야 하는데 성적이 잘 나오지 않으면 어떻게 하나 걱정스럽지? 책상 앞에 앉아 있기는 한데 잡생각이 자꾸 들고. '도대체 시험이란 건 뭘까? 왜 우리나라는 시험을 봐서 줄 세우기를 하는가?' 별별 생각을 다 해. 어떤 날은 불안을 불만으로 감추기도 해. 그렇게 해서 불안한 마음이 사라지면 다행일 텐데 그렇지도 않잖아.

시험을 앞두고 불안하지 않은 사람은 거의 없을 거야. 대부분 학생이라면 시험을 앞두고 불안해해. 그 이유는 '시험을 잘 보고 싶은 마음' 때문이야. 만약 시험 결과에 전혀 관심이 없다면 불안할 이유도 없지. 공부를 많이 했거나 덜 했거나 불안한 건 매한가지야. 어떤 사람들은 불안하다고 하면 "그건 네가 공부를 안 해서야"라고 훈계하는데 나는 절대 이 말에 동의하지 않아!

열심히 한다고 성적이 잘 나오는 것도 아니야. 기본적으로 시험은 상대평가니까 시험을 잘 본 학생이 많으면 내 성적은 낮아질 수밖에 없어. 그래서 나 혼자만 열심히 한다고 원하는 결과를 얻을 수 있는 것은 아니야.

초등학생 때만 하더라도 시험을 앞두고 크게 걱정하지 않아. 시험 기간이 정해져 있는 것도 아니야. 그런데 중학생이 되면서 달라져. 새 학기가 되면 중간고사, 기말고사 날짜가 미리 죽 나와. 학교에서 시험은 중요한 일정이야. 짧게는 2일, 길게는 5일씩 보기도 해. 요즘은 중학교 1학년이 자유학년제라서 시험을 아예 안 봐. 그렇다 보니 중학교 2학년이 되면 더 불안해져. 시험을 본 적이 없잖아.

시험을 많이 치르다 보면 불안감이 사라질까? 그건 아니더라. 오히려 학년이 올라가면 올라갈수록 불안감이 커져. 아마 학교 시험이 더 중요해져서 그렇겠지.

내가 학교 다닐 때까지만 하더라도 각 반 아이들의 전 과목 점수와 등수를 프린트해서 교실 게시판에 붙였어. 이걸 이야기하면 지금 십대들은 말도 안 된다며 입을 쩍 벌리면서 놀라거나 인상을 팍 써. 근데 그때는 그랬어. 당시에는 아무도 이걸 두고 이의를 제기하지 않았어. 학생들이 가채점한 점수가 맞는지 확인하기 위한 방법이라고 했거든. 지금 생각해 보면 기분 나쁘고 말도 안 되는 일이라고 생각해.

등수를 알려 주는 건 옳지 않다고 여겼는지 고등학교 때는 조금 바뀌었어. 등수는 나오지 않았어. 그러니까 아이들이 어떻게 했느냐면, 수기로 알아서 등수를 계산했지. 우리 반 1등은 누구고, 2등은 누구고, 하면서 말이야. 등수를 뺀 성적표 공개는 '눈 가리고 아웅'에 불과했어.

지금은 성적표를 절대로 게시판에 공개하지 않아. 개인적으로 받는 성적표에도 등수는 적혀 있지 않다고 들었어. 그렇다고 시험에 대한 불안이 줄어들었을까? 역시 아니야. 전체적으로 공개되지 않아도 스스로 자신의 성적을 알 수는 있잖아. 성적표가 공개되고, 공개되지 않고는 불안감에 영향을 주지 않아.

성적이 좋을 때는 유지를 잘할 수 있을까 걱정이 돼. 나의 성적 리즈 시절은 중학교 1학년과 고등학교 2학년 때였어. 돌이켜 보면 그때라고 공부를 더 많이 했던 것도 아니고, 다른 때 유난히 덜 했던 것도 아니었는데도 그랬어. 중1 성적을 유지하지 못할까 봐 걱정이 컸어. 그러다가 중학교 2학년, 고등학교 1학년 때 성적이 확 떨어졌어. 나름 한다고 했는데, 앞자리가 바뀐 등수를 보니까 충격이 컸어. 과연 원래대로 성적을 올릴 수 있을까? 또다시 시험을 못 보면 어떻게 하지? 걱정은 꼬리에 꼬리를 물고 계속되더라고.

그런데 불안함은 별로 도움이 안 돼. 물론 적당한 불안감이 필요하긴 해. 불안감이 아예 없는 것도 문제야. 사람은 불안하기 때문에 대비를 하거든. 시험을 잘 보지 못할 것 같은 불안감이 책상 앞에 앉아 있게 했고, 문제집을 넘기게 했고, 졸음을 참게 했지. 불안감은 적당히 필요해.

앗! 내가 제일 싫어하는 말을 해 버렸어. 바로 적당히. 한때 나는 이 말을 아주 싫어했어.

'적당히'가 도대체 얼마큼이라는 거야? 그건 너무 모호한 수치잖아. 사전을 찾아봐도 '정도에 알맞게'라고만 나와.

요리 프로그램이 많지 않았을 때부터 먹는 걸 좋아한 나는 요리 프로그램을 자주 봤어. 하루는 요리사와 연예인 진행자 두 명이 출연하는 방송을 보는데, 요리사가 "소금은 적당히 넣으세요"라고 말하는 거야. 그러자 진행자가 얼마큼이냐고 되물었어. 요리사는 간을 보면서 적당히 넣으면 된다고만 하는 거야. 그러자 진행자는 "적당히가 제일 어려운 설명이에요. 그게 도대체 얼마큼인지 모르겠어요"라며 대꾸했더라. 겉으론 웃고 있지만 속으로 답답해하는 모습이었어. 요리사는 요리를 엄청 많이 해 본 숙련자라 '적당히'라고 하면 다른 사람도 당연히 알아들을 거라고 생각했겠지만 요리를 많이 해 보지 않은 사람들은 모르잖아. '적당히'는 해 본 사람만이 알 수 있으니까.

불안함도 마찬가지야. 적당한 불안감이 얼마나 필요한지 아직은 잘 모를 거야. 그러니까 내가 정해 줄게. 우선 시험을 앞둔 너의 생각을 순서를 매겨 정리해 보자.

1. 이번 시험 못 보면 안 되는데.

2. 그럼 공부를 해야겠다.

3. (공부하는 중에) 시험을 못 보면 어쩌지? 성적 또 떨어지면 어떻게 해? 이번 시험 못 보면 내신 등급 떨어지는데. 그러면 입시에도 영향을 주는데. 너무 늦게 공부를 시작한 건가? 인터넷 좀 그만할걸. 미리 예습을 했어야 했나.

자, 2번까지만 하는 거야. 너의 불안함은 2번에서 멈춰야 해. 그게 적당한 불안이야. 3번으로 가면 독이 돼. 공부도 능률이 오르지 않고 더 최악은 시험에서 큰 실수를 할 수 있어. 답안지를 밀려 쓴다거나 너무 떨려서 지문을 제대로 읽지 못하는 거지. 3번은 '미래'와 관련된 사항으로 지금 걱정할 일이 아니야. 결과는 아무도 몰라. 당연히 준비하는 나 자신도 마찬가지지.

'적당히'를 스스로 깨쳐야 해. 불안은 학교 시험에만 따라오지 않아. 학교를 졸업한 후 일을 하거나, 일상생활을 보내면서도 새로운 일에 도전해야 할 때가 있어. 그때도 3번까지 가도록 두면 안 돼.

당장 3번으로 가는 길을 끊을 수는 없어. 불안하면 걱정만 하지 말고 대책을 세워. 학습 양과 시간을 정해서 매일 체크를 해. 오늘의 목표량을 채웠다면, 이 불안감도 줄어들겠지?

마음이 안정되지 않을 때는 편안하게 만들어 주는 음악을 듣거나 달콤한 음식을 먹어. 나는 책상에 앉아 공부하기 전에 꼭 커다란 과일젤리푸딩을 먹었어. 푸딩을 한 숟가락, 한 숟가락 떠먹으며 아무 생각도 하지 않았어. 말캉말캉하고 달콤한 젤리와 과일이 입 안에 들어오면 마음이 좀 차분해졌어. 공부하기 전에 의식처럼 푸딩을 먹었어. 그 5분간의 시간이 조금은 마음을 차분하게 해 줬어.

어때? 달콤한 초콜릿을 먹거나 따뜻한 차를 마시는 의식을 치러 보는 건? 커피나 고카페인이 들어간 에너지 음료는 비추천이야! 오히려 심장을 뛰게 하거든.

불안감은 책상 앞에 앉기 전까지만 데려와. 공부를 시작하고 나서부터는 떼어 놓자고.

시험 잘 보길 바라. 찍은 것도 다 맞길!

성적을 올리고 싶어

"아무리 노력해도 성적이 안 올라요. 노력에 비해 성적이 안 올라 고민인 중학생입니다. 공부를 해도 해도 오르지가 않아요."

'뭐지? 이 점수는?'

성적표를 받아 들고 인상을 찌푸리고 있구나. 어떻게 지난번보다 더 열심히 했는데 성적이 오르지 않을 수가 있는지, 아니 오히려 더 떨어질 수 있는지 믿기지가 않지? 그건 나만 열심히 한 게 아니어서 그래. 반 아이들이 다 열심히 했거든. 학년이 높아질수록 더 그래. 학년이 낮을 때는 열심히 하는 아이들이 그렇게 많지 않아. 조금만 열심히 하면 등수, 점수가 오르는 게 눈에 보여서 신이 나. 하지만 대입에 가까워질수록 하나둘 성적에 욕심을 내고 공부하는 아이들이 늘어나면서 등수는 잘 오르지 않아. 초등학생 때까지만 하더라도 몇몇 아이들만 공부했다면, 중학교 때는 반 정도만 할 거고, 고등학생이 되면 거의 다 하지. 공부에 관심 없는 아이들도 고등학생만 되면 시험 때 부담감을 느끼고 공부를 해. 그렇기에 전과 같은 시간만큼 공부를 하면 성적이 나오지 않는다고. 다 같이 열심히 하기에 성적을 올리는 건 결코 쉽지 않아.

공부를 했는데 시험 점수가 좋지 않으면 스트레스를 받아. 열심히 했는데 그만큼 결과가 따라 주지 않으면 내가 이걸 왜 해야 하나 싶을 거야.

세상을 살아가면서 사람이 하는 일은 기계가 하는 일과는 달라. 인풋(input)과 아웃풋(output)이 정확히 정비례하지 않아. 어떨 때는 노력을 엄청 했는데 보상이 형편없을 때도 있고, 별로 노력하지 않았는데 더 큰 보상이 주어질 때도 있어. 그렇다고 절대 복불복은 아니야. 대체적으로는 비례하는 편이거든.

성적을 올리고 싶다면 공부 시간을 늘려 보는 것도 방법이 될 수 있어. 공부는 엉덩이로 한다는 말이 있지. 앉아 있는 시간과 성적이 비례한다는 거야. 다 같이 열심히 하는 상황에서 성적을 올리려면 내가 조금 더 열심히 하는 수밖에 없어.

한번 따져 보자. 공부를 정말 하나도 안 했을 때와 공부를 엄청 열심히 했을 때 성적이 비슷했어? 그래도 공부를 조금이라도 했을 때 성적이 더 좋지 않았어?

만약! 두 경우가 별로 차이 나지 않았다면, 내 공부법이 괜찮은지 한번 점검해 볼 필요가 있어. 산에 오를 때 도구를 이용하거나 등산 요령을 익히면 조금 쉽게 가기도 하잖아.

남들보다 양적인 노력을 더 하거나 질적인 노력을 더 해야만 효과를 볼 수 있어. 성적이 오르지 않으면 시간이 지날수록 점점 더 초조해질 거야. 그럴수록 마음을 다잡아야 해. 짧게는 일주일, 길게는 한 달, 3개월씩 목표를 세워서 풀어야 할 문제집과 공부할 시간을 정해. 현재 하루에 3시간 공부를 한다면 앞으로는 30분, 1시간씩 더 늘려. 양적인 투입이 중요하니까! 다들 열심히 하는 상황이기에 내가 '더' 노력을 해야 성적이 올라간다고. 그리고 학원이나 과외의 도움을 받을 수 있다면 받아. 이건 질적인 노력이야. 마냥 고민하지 말고, '대책'을 세워 실천해야 해.

중학생 때 영어, 수학 학원을 6개월 정도 다니다가 그만두었어. 학교에서 배우는 것보다 체계적으로 배우긴 했는데, 뭔가 마음에 들지 않았어. 학원을 다닌다고 성적이 크게 오르는 것 같지도 않고 학원 아이들과 새롭게 어울리는 것도 피곤했거든. 그러다가 고등학교에 입학하고 혼자 공부하는데 성적이 잘 오르지 않는 거야. 학교는 청주고, 집은 30분 거리에 있는 증평이라 청주에 있는 학원까지 다니기가 여의치 않았어. 그래도 무리를 하면 충분히 다닐 수 있었지. 학원을 가야 하나 말아야 하나 고민하고 있을 때, 구세주를 만났어.

서울에서 대학을 다니던 육촌 Y오빠가 공익근무를 위

해 내려왔거든. Y오빠에게 영어와 수학을 배우기로 했어. 난 수학을 정말 싫어했거든. 그런데 오빠는 수학의 원리를 알려 주는 거야. 아직도 기억나.

"함수는 펑션(function)이야."

수학 시간, 오빠의 첫마디를 20년이 지난 지금도 기억해. 학원이나 학교에서는 문제 풀이만 알려 주었는데, 오빠는 함수의 뜻부터 알려 주었어. 덕분에 전형적 문과생인 나는 수학을 조금씩 좋아하게 됐고, 고등학교 2학년부터 3학년까지 수학 점수는 문과에서 다섯 손가락 안에 들었어. 오빠 덕분에 성적이 많이 올랐지.

오빠가 내게 알려 준 건 수학과 영어뿐만이 아니야. 홍세화 작가의 책을 읽어 보라고 빌려주기도 했고(내가 처음 읽어 본 어려운 책이었어), 가수 김광석 노래도 알려 주었어(그땐 좋은지 몰랐는데, 오빠 나이가 되니 좋더라). 오빠가 들려주는 대학 생활 이야기를 듣고, 대학에 대한 꿈을 꾸기도 했지.

도움이 되는 사람을 찾길 바라. 학원, 과외 선생님을 만

나는 게 쉽지 않으면 학교 선생님도 도움을 주실 거야. 과목 담당 선생님을 각각 찾아가 "제가 영어(혹은 수학) 공부를 잘하고 싶은데 그게 잘 안 돼요. 어떻게 하면 좀 더 요령 있게 할 수 있을까요?"라고 물어봐. 아마 선생님은 반가워하며 말씀해 주실 거야. 일대일로 찾아가 물어보면 나에게만 맞는 방법을, 더 자세한 것을 알려 주셔.

공부를 잘하는 아이들을 관찰해 봐. 그 아이들만의 노하우가 '분명히' 있거든. 고2 때 같은 반에 문제집을 매일 일정량 정해 놓고 푸는 아이가 있었어. 2주 안에 다 풀겠다는 계획을 세우면 2주 치로 분량을 나눠 매일 그만큼 푸는 거지. 누가 시켜서 하는 게 아니라 스스로 하더라고. 그 아이를 따라서 나도 양을 정해 놓고 풀었어.

학원을 많이 다니거나 책상 앞에 오래 앉아 있는 것보다 효율적으로 공부하는 게 좋아. 하루를 학교와 학원으로 가득 채운다면 오히려 과부하가 걸릴 수 있어. 스스로 하루에 공부할 시간, 풀어야 할 문제집 양을 딱 정해 둬. 일주일씩 계획을 짜면 좋아. 매일 그만큼만 해 보는 거야.

더 할 수 있을 것 같으면 조금씩 시간과 양을 늘리고. 이렇게 했는데도 성적이 오르지 않는다? 그나마 그렇게라도 했으니까 성적이 더 떨어지지 않았을 거야.

참, 수업 시간에 필기는 잘하고 있어? 필기만큼은 꼭 해야 해! 꼭, 꼭, 꼭!

수업 시간에 가만히 듣기만 하는 아이들이 많더라고. 그런데 필기를 하지 않으면 한 귀로 듣고 한 귀로 다 흘려 버리게 돼. 한 번 듣고 어떻게 다 그걸 기억하겠어? 필기는 다른 한쪽 귀를 막아서 내가 간직하는 효과가 있어. 과목마다 노트를 마련해서 필기를 해. 수업이 끝나고 나서 노트를 보면, 오늘 무엇을 배웠는지 다시 한번 정리할 수 있어. 이것도 공부 잘했던 친구에게 배운 노하우 중 하나였어.

공부를 하는 이유는 좋은 점수, 높은 등수를 얻기 위해서만은 아니야. 어떤 상황이 주어지고(시험) 그걸 해결해 나가는 나만의 방법(공부법)을 배워 나가는 과정이기도 해. 많은 학생들이 공부하는 이유를 단순히 '대학 가는 점수를 맞추려고'라고 여겨. 하지만 중요한 건, 스스로에게 닥친 문제를 해결하는 방법을 배우기 위해서야. 모르는 걸 알고, 어떻게 하면 더 잘 알고 발전시킬 수 있는지 배우는 과정이 공부야. 훗날 남는 것은 시험 점수와 등급만이 아니야. 점수에 너무 연연하지 마. 몇 년만 지나도 고1 때 수학 점수가 몇 점이었는지, 국어가 몇 등급이었는지는 기억도 못 할 거야. 하지만 내가 성적을 올리기 위해 무슨 노력을 했는지, 시험을 보기까지 어떻게 계획을 세워서 임했는지, 그 과정에서 느끼고 깨달은 것들이 내 삶에 남을 거야.

매일매일 공부 일기를 써 보는 것도 추천해. 미리 하루치의 계획을 세우고 하루가 끝날 때 과연 오늘 과제를 스스로 다 했는지, 그에 대한 나의 느낌을 적어 보는 거야. 일기를 쓰는 행위는 마음을 안정시켜 줄 뿐만 아니라 일정을 정리할 수 있도록 도울 거야.

잊지 마. 성적을 올려야 하는 궁극적인 목표는 원하는 점수를 얻기 위함이 아니라 그 점수를 얻기까지의 과정을 위해서라는 걸.

성적이 오르지 않는다고 좌절하지 말고 성적을 올릴 방법을 찾아봐. 공부는 앞으로 인생을 살아가면서 해 나가야 하는 수많은 과제와 일들 중에 하나일 뿐이야. 연습한다고 생각하고 이것저것 너에게 맞는 공부법을 찾아가는 걸 추천할게!

시험 결과가 안 좋아

"수능 성적표를 받았는데, 가채점 점수와 달라요. 사범대에 못 갈 거 같아요. ㅜㅜ"

A의 메시지를 받고 마음이 몹시 좋지 않았어. A는 사실 얼굴이 잘 기억나지 않는 학생이야. 고등학교 1학년 때 내 강연을 들은 적이 있대. 그 후로 내 책을 찾아 읽기 시작했고, 2년이 지나고 수능 직전에 쪽지를 보내온 거야. 갑자기 내 생각이 나서 트위터를 찾아봤다고 했어. 나는 수능 잘 보라고 응원 메시지를 보냈고, 수능이 끝나고 다시 A에게 쪽지가 왔어. 수능을 잘 봐서 자신이 원하는 사

범대에 갈 수 있을 것 같다는 거야. 너무 잘됐다고, 축하한다고 답을 보냈지. 나를 좋아해 주는 친구에게 기쁜 일이 생기면 덩달아 나도 기분이 좋을 수밖에 없잖아.

그런데 수능 점수가 발표되고 앞의 내용처럼 원하는 대학에 못 갈 것 같다는 쪽지가 왔어. 답안지를 잘못 작성했든가, 점수를 잘못 채점했든가 그랬나 봐. 쪽지를 읽고 나도 몹시 마음이 좋지 않았어. A가 얼마나 많이 속상하고 절망감에 빠져 있을지 내 경험에 비추어 짐작할 수 있었으니까.

중3 때 성적이 좋지 않아 결국 원하는 고등학교에 입학하지 못했어. 내신 성적이 좋지 않아서 서류 전형에서 통과조차 못 했거든. 그뿐만이 아니야. 대학도 목표했던 곳에 가지 못했어. 불합격 통지를 받았을 때의 절망감은 이루 말할 수 없어. 지하 10층까지 뚫고 내려가는 기분이랄까.

실패를 받아들이는 건 쉬운 일이 아니야. 내가 아닌 누군가는 합격을 했고, 나만 못 한 거잖아. 도대체 내가 뭐가 부족했을까, 여기에서 떨어진 내가 앞으로 뭘 할 수 있을까 하는 부정적인 생각을 하게 돼.

실패하고 싶지 않다고? 그런 방법이 하나 있긴 해. 알려 줄까?

그건 바로 아무 도전도 하지 않는 거야. 말장난이라고? 미안해. 그런데 맞는 말이긴 하잖아. 실패가 두렵다고 시도조차 하지 않는 어리석은 일은 하지 말아야지.

이왕 일이 이렇게 된 거 최대한 긍정적으로 생각해 보자. 실패해서 속상해? 얼마만큼 속상해? 속상함은 그 일을 향한 내 마음과 비례해. 원했던 정도가 크면 클수록, 결과가 안 좋을 때 더 좌절하지. 기대하지 않으면 그 일이 잘되지 않아도 별로 속상하지 않을 거야. 하지만 나는 기대했으니까, 바랐으니까 잘 안 될 때 마음이 좋지 않아. 주변에서 "괜찮아"라고 위로해도 귀에 들어오지 않을 거야. 넘어져서 무릎을 다쳤다면 아픈 게 당연해. 실패도 마찬가지야. 실패하면 힘들어. 금방 괜찮아질 수가 없어. 속상한 마음을 받아들여. "아! 내가 그 일을 정말 많이 원했구나" 하고 말이야.

솔직히 말할게. 실패가 성공보다 더 좋진 않아. 당연하지. 둘 중 하나를 고르라면 누가 실패를 선택하겠어? 성공을 쏙쏙 고르고 싶지. 그런데 성공만 고를 수가 없다는 게 문제야. 늘 성공하는 사람이 있을지 모르겠지만 그게 나는 아니더라고.

실패에서 얻는 것도 분명히 있어.

고등학교 1학년 기말고사에서 국어 점수가 무척 낮았어. 총 25문제인데 15번부터 답안지를 밀려 썼더라고. 안 그래도 1학년 때 성적이 좋지 않았는데 답안지까지 밀려 쓰다니. 이런 똥멍청이 짓을 하다니! 그때는 얼마나 속상했는지 몰라. 대신 그 덕분에 시험을 볼 때 답안지 체크하는 시간은 꼭 여분으로 남겨 두는 습관이 생겼어. 문제 하나를 덜 풀더라도 답안지를 바로 쓰는 게 더 중요하더라고.

'실패해서 결과도 좋지 않은데, 뭐라도 얻어 내야지!' 하는 태도를 가져 보는 건 어때?

실패의 경험은 인생에서 아주 중요하대. 『존엄하게 산다는 것』(박여명 옮김, 인플루엔셜, 2019)이라는 책에서 저자 게랄트 휘터는 삶을 바꾸는 결정적인 계기가 두 가지 있다고 해. 첫 번째가 바로 '실패'래. (두 번째는 다음 편지에서 알려 줄게! 한꺼번에 다 알려 주면 재미없으니까.)

실패했을 때 사람은 자신이 이제까지 했던 것과 다른 행동을 취한대. 이전과 같은 방법을 쓰면 또 실패할 테니까 말이야. 어때? 실패에게 조금은 고마운 마음이 생기지 않아?

인생은 아주 길더라. 지금 너는 내 나이의 인생을 상상도 하지 못하겠지? 삼십대 후반이라니, 너무 먼 일 같지? 엄청 많은 나이 같지? 그런데 사람들은 나보고 엄청 젊은 나이래.

실패가 원하는 대로 되지 않는 것을 뜻한다면 실패는 어떤 일에도 적용이 돼. 시험에도, 연애에도, 친구 관계에도, 일에도. 인생은 내가 원하는 대로만 풀리지 않아. 삶이라는 길을 걸어가는 도중에 군데군데에서 실패를 맞닥뜨리게 돼. 제발 따라오지 말라고, 내 옆에 얼씬도 하지 말라고 경고해도 그 녀석은 어느샌가 내 곁에 착 달라붙어 있더라.

'왜 자꾸 내 옆에 있니? 좀 가 버려. 언제쯤 이게 사라질까?'

실패 자체를 생각하면 할수록 실패는 내 옆을 떠나지 않아. 오히려 생각하지 않아야 이 녀석이 사라져. 이미 일은 벌어졌고, 계속 실패를 호출하는 건 나라고. 내가 부르지 않으면 실패는 내 삶에서 희미해져.

그 시험에 실패했다고, 그 연애에 실패했다고, 그 회사에 가지 못했다고, 내 인생 전체가 실패하는 게 아니야. 삶은 실패 혹은 성공, 이 두 가지로만 채워지는 게 아니더라. 그건 어떤 일에 대한 '결과'일 뿐이야. 삶의 대부분을 차지하는 것은 이 결과가 아니라 '과정'이야. 인생에는 결과만 있지 않아. 결과를 위해서만 살아가지는 마.

그러니까 이것만은 꼭 기억해 줬으면 좋겠어. 원하는 대로 되지 않는다고 절대로 내 인생 끝나지 않아. 여러 일들 중 '고작' 하나라고. 어떤 것도 네 자신 전체를 대체할 수 없어. 그까짓 거, 좀 못하면 어때? 안 되면 어때? 내가 더 중요한데. 내가 아직 해 봐야 할 것들이 얼마나 많은데! 앞으로 너를 기다리고 있을 성공들이 있어. 지금의 실패로 주저앉아 있으면 그 성공을 만날 수가 없어.

작가로 등단만 하면, 내가 쓴 원고는 다 책으로 나오는 줄 알았어. 그런데 아니더라. 작가 생활을 한 지 10년이 훌쩍 넘었는데 출판사에서 출간을 거절당하는 일은 계속 생겨. 공모전에서 100여 번 떨어진 경험이 있지만, 거절을 당하면 한동안 좌절에 빠져 지내. 애정을 가진 만큼 거절당했을 때 더 속이 상하지.

일주일 정도는 최대한 그 원고에 대해 생각하지 않고 지내다가 한두 주 지난 다음 거절당한 원고를 다시 처음부터 끝까지 죽 읽어 봐. 출판사에서 거절한 이유가 있을 테니, 부족한 점이 무얼까 생각해. 그리고 원고를 고쳐서 다른 출판사에 다시 보내. 몇 차례 투고하다 보면 원고를 책으로 내주겠다는 출판사를 만나기도 하고 어떤 경우에는 결국 못 만날 때도 있어. 그러면 할 수 없지, 뭐. 마음은 아프지만, 세상에 나오지 못하는 원고에게는 미안해도 내가 작가로 살면서 이 원고 딱 하나만 쓸 거 아니니까.

간혹 출판사의 거절에 상심해서 꽤 오래도록 글을 못 쓰는 작가분들도 있더라고. 얼마나 억울한 일이야? 다음 원고가 나를 기다리고 있는데 그걸 쓰지 못할 수도 있잖아.

'실패는 성공의 어머니'란 격언도 있지만 그 말에 동의하진 않아. 성공하려면 실패를 반드시 해야 하는 건 아니니까. 실패 없이 성공하면 더 좋잖아. 실패는 그냥 실패일 뿐이야. 인생에는 실패만 있지는 않아.

어렸을 때 '치토스'란 과자를 무척 좋아했어. 그 과자 봉지 안에는 '뽑기'가 있었는데 동전으로 긁으면 1등부터 3등까지가 있고 '한 봉지 더'도 있었어. '한 봉지 더'를 슈퍼마켓에 가져가면 새 상품으로 바로 교환해 주었지. 그걸 뽑는 재미가 아주 쏠쏠했어. 물론 가장 많이 나오는 건

'꽝'이었지. 그런데 '꽝' 뒷면에 적힌 말이 있어.

'다음 기회에…….'

그걸 보는 순간은 잠깐 '에잇' 하고 인상을 쓰지만, 곧 괜찮아졌어. 고작 과자라서 그럴 수 있는 게 아니냐고? 무슨 소리! 내가 치토스를 얼마나 좋아했는데! 치토스 봉지를 뜯을 때마다 '한 봉지 더'를 얼마나 바랐는데! 치토스는 고작 과자가 아니야. 고2 때, 열 살 어린 남동생이 내 간식 상자 속 치토스를 몰래 먹어서 집안이 뒤집힌 일이 있을 정도니까. 남동생은 지금도 치토스 전투를 이야기하면 이를 갈아.

내가 괜찮을 수 있었던 건 '다음 기회에……'라는 문구 때문이야. 나는 용돈을 모아서 다시 그 과자를 살 수 있었으니까.

실패할 때면 치토스를 떠올리렴. 너만 멀쩡하고 건강하게 잘 있다면 다른 일들은 치토스에 불과하거든.

얼마 후 A에게 다시 쪽지가 왔어.

"재수하기로 결심했어요. 1년간 더 해 보려고요."

나는 진심으로 A를 멀리서 응원하고 있겠다고 답을 보냈어.

공부하기 싫어

"우리나라는 입시에 미친 것 같아요. 전 이게 너무 답답해요. 공부도, 학교도 다 재미없어요. 어른들은 입만 열면 공부, 공부, 공부 하는데, 공부 안 하면 큰일 날까요?"

질문한 학생은 푸념하듯 던진 질문이었지만, 머리를 한 대 얻어맞은 것 같았어. 20년 전에도 입시 위주 교육에 불만을 느꼈는데 세상은 아직도 변하지 않은 건가, 여전히 수많은 학생들이 대학을 가기 위해서 학교에 다니는 건가, 중고등학교는 대학을 가기 위한 수단일 뿐인가 싶어서 말이야.

내가 다녔던 학교, 그곳에서 배웠던 것들에 대해 생각해 봐. 공부란 무엇이고, 학교란 무엇인지에 대해서 말이야.

중고등학생 때 학교를 별로 좋아하지 않았어. 고1 때는 잘 적응하지 못해 학교를 그만둘까 심각하게 고민했으니까. 그러지 못했던 건, 혼자 공부해서는 대학에 가기 어려울 것 같아서였어. 검정고시 책을 사다 놓고 들여다보는데 이걸 혼자서 하려니까 엄두가 안 나더라고. 수능 준비도 따로 해야 하고.

고등학생 때 나의 최고 목표는 '서울에 있는 대학 가기'였어. 대학 생활을 다룬 청춘 시트콤을 보고 대학에 대한 로망을 키웠거든. 집을 벗어나 서울에 가서 혼자 사는 게 꿈이었어. 학교에서 배우는 공부는 재미없었어. '소설가나 영화감독이 되고 싶은데 왜 물리를 배워야 하지?' '과연 지금 배우는 수학을 나중에 쓸 일이 있을까?' 이런 회의에 빠져도 대학을 생각하며 참았어. 고등학교는 대학이라는 목표를 위한 수단인 줄 알았어. 그런데 완전히 착각하고 있었어.

중고등학교는 결코 입시를 위한 공간만이 아니야. 공부 역시 마찬가지이고.

2020년은 코로나19라는 전염병 탓에 학교들이 휴교를 꽤 길게 했어. 두 달 이상 학교 문을 닫았고 개학한 다음에도 매일 등교하지 않았고 온라인으로 수업이 진행됐어. 학교 문이 닫히니, 아이러니하게도 학교의 의미에 대해 더 많이 생각하게 되었어. 만약 학교가 입시만을 위한 공간이면 학교 문을 닫아도 문제 될 게 없을 거야. 온라인으로 수업 듣고 학원을 다녀도 되니까 말이야. 하지만 학교는 시험을 치르기 위해서만 존재하는 곳이 아니야.

왜 공부해야 하는지 모르겠다고 말하는 아이들을 자주 만나. 공부를 다른 말로 표현하면 '학습'이잖아. '공부'는 부담스럽고 왠지 친해지고 싶지 않은 단어지만 '학습'은 아니야. '왜 공부해야 하지?' 하는 질문을 '왜 학습해야 하지?'로 바꿔 봐.

동물과 인간의 차이는 '학습을 하느냐 마느냐'에 있어. 송아지나 망아지가 태어나는 장면을 본 적 있어? 다큐멘

터리에서 봤는데 송아지, 망아지는 태어나자마자 몇 분 지나지 않아 네발로 걷고 알아서 어미젖을 찾아서 먹어.

하지만 인간은 어때? 뒤집기 하는 데만도 100일이 걸리고, 두 발로 걸으려면 1년이 지나야 해. 말과 글씨를 배우는 것도 결코 쉽지 않아. 십대가 된 지금은 쉽게 말하고 읽고 쓰기가 별거 아닌 것 같지만, 과거에 그걸 배우기 위해 엄청 배우고 연습했다고! 우리는 인간이기에 끊임없이 학습해야 해. 학교에서 배우는 것들은 십대 시절에 학습해야 하는 것들이지. 모르는 것을 알아 가는 건 신기하고 재미있어. 알아 가는 재미를 시험이라는 부담이 빼앗는 건 큰 문제이긴 해.

지금 생각해 보니 학교에서 학습했던 것들이 꽤 많아.

어른이 되어서 이상한 사람들을 자주 만났어. 없는 말을 지어내거나, 자기 입장만 생각하거나, 이해 못 할 행동을 하는 사람들 말이야. 기분은 좋지 않았지만 그래도 많이 놀라지 않았어. 한 번쯤 학교에서 그런 아이들을 만났거든. 마찬가지로 내가 누군가에게 그런 존재였을 수도 있어. 학교에서 학습한 건 다양한 인간의 모습이었어. 어떤 입장에 있느냐에 따라 좋은 이도 나빠질 수 있고, 나쁜 이도 좋아질 수도 있어.

수업 시간에 배운 것도 많아.

고등학교 1학년 윤리 시간에 낙태를 주제로 토론을 했어. "아이를 지워서는 안 된다고 생각해요"라고 말했다가 선생님한테 호되게 혼났어. 어떻게 생명을 두고 '지운다'는 표현을 쓰냐고. 혼은 났지만 기분 상하지는 않았어. 내가 생각 없이 말한 게 맞았거든. 그 이후로 다시는 그렇게 표현하지 않아.

고2 때 가정 선생님은 나중에 어른이 되면 꼭 식기세척기를 사라고 했어. 그때는 지금만큼 식기세척기 보급률이 높지 않았고 나는 그게 뭔지도 잘 몰랐어. 선생님은 식기세척기는 세탁기나 마찬가지라며 삶의 질을 높여 줄 거라 했어. 나는 주방과 방이 분리된 집을 얻었을 때, 가장 먼저 식기세척기를 샀어. 얼마 전에 고등학교 동창 사이에서 식기세척기를 사야 하느냐 말아야 하느냐 의견이 분분하길래 가정 선생님 이야기를 하니까, 아무도 그 말을 기억하지 못하더라고. 내가 수업을 열심히 들었거나, 그 말이 무척 인상 깊었나 봐. 식기세척기 덕분에 내 삶이 얼마나 윤택해졌는지 몰라. 설마 내 편지를 다 읽고 식기세척기만 기억하는 건 아니겠지? 그래도 괜찮아. 정말 중요한 이야기니까.

대학원 석사논문을 힘들게 썼는데, 대학원을 그만두게 되었어. 그 논문 쓸 시간에 차라리 소설을 썼으면 더 좋았을 걸 싶었어. 시간과 노력이 아깝더라고. 논문이 내게 아무 쓸모가 없다고 느껴졌어. 그런데 우연히 만난 강사님이 그러시더라.

"논문을 써 봤기에 소설도 구조적으로 쓸 수 있을 거예요."

맞는 말이더라고. 소설 쓰기 전에 먼저 구조를 80퍼센트 이상 세세하게 짜거든. 대학원 석사논문을 직접적으로 활용은 못 하게 되었지만, 논문 쓰기는 간접적으로 내 삶에 도움이 되었어. 대학원을 다니길 잘했다고 생각하는 이유는 또 있어. 배움을 떠나 지금 가장 친하게 지내는 이들을 다 그곳에서 만났거든.

시험을 보는 것도 너무 억압이라고 생각하지 않았으면 좋겠어. 시험은 내가 배운 것을 얼마만큼 알고 있는지 따져 보는 시간이야. 시험을 앞두고 그 시험을 잘 보기 위해 (혹은 합격하기 위해) 자신만의 계획과 방법을 세워 노력할 거야. 나름대로 이런저런 방법을 쓰면서 나만의 노하우를 터득할 수 있어. 문제 상황을 해결하는 법을 시험이라는 과정을 통해 배우기도 해.

자, 어때? 학교를 통해 배울 수 있는 것이 생각보다 더 많지? 아직 배워야 할 것은 너무 많아. 그러니까 정신 차리고 더 많이 배우길 바라.

2장

친구 때문에 속 썩는 나에게

인간관계에 예민하고 싶지 않아

"어떻게 하면 인간관계에서 스트레스를 덜 받을 수 있을까요? 저는 다른 사람들보다 인간관계에 더 예민하고 스트레스를 많이 받는 스타일이라서요."

참 이상하지 뭐야. 한의원에서 진맥을 짚을 때마다 나한테 예민하다는 거야. 나는 어디에서나 잘 자고, 아무거나 잘 먹는단 말이야. 소음에도 별로 신경 쓰지 않아서 시끄럽든 말든 크게 개의치 않아. 그런 내가 예민하다고? 나는 한의사들의 말이 이해가 되지 않았어.

얼마 전에도 갔는데 또 그 이야기를 들었어. 어쩌면 내가 체질적으로 타고난 예민함을 극복한 건가 싶어서 조금 우쭐하기도 했지. 뭐든 잘하면 좋잖아. 그런데 아니었어.

지인 중에 한의사가 한 분 있거든. 그분이 내 진맥을 짚더니, 예민하다는 게 먹고 자는 것만을 의미하지 않는다는 거야. 스트레스에 취약하다는 뜻이래. 오, 이런! 맞아! 나는 사소한 일에도 스트레스를 잘 받아. 작은 물건을 잃어버려도 오래도록 그것에 대해 생각해. 어디서 잃어버렸을까, 왜 잃어버렸을까. 한 가지를 두고 생각하고, 생각하고, 또 생각하지. 곰국 우리듯이 생각을 우릴 정도야. 주변 사람들에게 물어보니 내가 '유달리' 그런다는 거야. 그래, 인정!

어쩌면 태어날 때부터 느긋하고 덜 예민한 사람이 있을지도 몰라. 그런데 역시 그건 내가 아니더라고. 살아가면서 새로운 환경에 처하게 되면 예상치 못한 문제들이 생겨나게 돼. 그때마다 스트레스를 받을 수는 없잖아.

스트레스를 받게 되면 아드레날린이 확 분비돼. 심장 박동이 빨라지고 혈압이 상승하지. 그러면 심장은 빠르게 두근대고, 몸이 경직돼서 두통까지 오게 돼. 스트레스를 계속 받으면 건강이 안 좋아져. 그런 상태에서 다른 일을 하면 일이 손에 잡히지도 않고 능률이 오르지도 않아.

그걸 깨닫고 나서는 스트레스를 받을 상황이 생기면 생각을 정리하기로 했어.

1. 그 일을 되돌릴 수 있는가?
2. 되돌릴 수 없다면, 그 일이 나에게 얼마나 타격을 주는가?
3. 타격은 얼마만큼 큰가? 일상을 얼마나 뒤흔들 정도인가? 지금 이렇게 스트레스받을 만큼 심각한가?
4. 이 상황을 무시할 방법은 없는가?

컴퓨터 프로그램처럼 순서대로 하나씩 정리하다 보면 그 일은 나에게 큰일이 아니더라고.

인간관계에도 이런 정리가 필요해. 지금도 여전히 사람 사이에서 스트레스를 받지만 예전에 비해 확실히 정도가 줄었어. 그건 부단히 정리하는 연습을 했기 때문이야.

코로나로 인해 '사회적 거리 두기'란 용어가 생겨났잖

아. 사람 사이에도 거리 두기를 해야 해. 보통 인간관계에서 생겨나는 스트레스는 사람과 잘 어울리지 못하거나 사이가 좋지 않은 상황에서 발생해. 친한 사이에서 오해가 생기거나 다툼을 해서 감정이 나빠지는 경우도 포함해.

총 세 단계로 나누어 볼게.

1단계 : 가족과 가까운 친구(연락을 자주 하고, 자주 만나는 사이)

2단계 : 같은 반 아이

3단계 : 특별한 관계가 없는 사람

우선 거리가 먼 3단계부터 이야기할게. 3단계 인물들은 나와 특별한 관계가 없는 사람이야. 같은 동네에 살아서 인사는 하고 지낼 수 있지만 이름과 연락처도 모르는 사이지. 학교 안으로 비교하자면, 나와 다른 학년 혹은 다른 반인 사람들이야. 가끔 이들과 얽히는 일이 생길 수 있어. 학교 선배나 선생님들이 지나가다가 기분 나쁜 말을 하고 갈 때도 있어.

고1 아침 자율학습 시간이었어. 뒷자리 친구에게 지우개를 빌리고 있는데 교실 문이 열리더니 잘 모르는 선생님이 들어오시더라고. 그러면서 나에게 왜 친구랑 떠드느냐고 하는 거야. 그래서 "지우개 빌렸어요"라고 말씀드렸더니, 왜 말대꾸하느냐며 교무실로 따라오라는 거야. 왜 떠들었냐고 묻길래 이유를 말한 건데 선생님에게는 그게 대드는 것처럼 보였나 봐. 교무실에서 한참 혼났고, 그때는 정말 억울했어. 지금 생각해도 내가 그 정도로 혼났어야 했나 싶어.

얼마 뒤에 그분이 임시로 우리 반 수학 보충수업을 맡게 된 거야. 그 선생님을 보는 게 싫어서 당시에는 수학 보충 시간마다 스트레스받긴 했지만 수업이 끝나고 다시 그 선생님을 만나지 않았어. 계속 만나는 것도 아닌데, 그때 왜 그렇게 스트레스를 받았는지 몰라. 3단계는 '임시로' 만나는 사람들이야. 그들과 잘 지낼 필요가 없다는 말이 아니야. 그들에게 쌀쌀맞게 대하라는 게 아니라 감정을 품지 말라는 거야. 세상 모든 사람에게 내 감정을 쏟을 수는 없어. 내 감정은 소중하잖아? 특히 예민한 나라면 감정을 더 잘 다스려야 해. 3단계 사람은 내 감정을 쏟을 만한 사람이 아니야. 그러니 3단계 사람에게 신경을 덜 써도 돼.

2단계는 같은 공간에서 지내는 사람이야. 같은 반 친구나 담당 선생님이지. 하지만 친하지는 않아. 연락처를 알지만 굳이 개인적으로 연락하지도 않고. 요즘에는 같은 반 아이라고 다 친구라고 부르진 않는다며? 어떤 사람은 삭막하다고 하는데, 나는 그게 맞는 것 같아. 그들은 클래스메이트(classmate)나 같은 반 아이(급우)가 맞잖아. 같은 공간에서 오래도록 지내야 하기에 3단계보다 더 부딪칠 일이 많지. 2단계 인물이 서운하게 하거나 기분 나쁘게 하는 일이 생길 수 있어. 만약 그걸 이야기해서 달라질 수 있다면 말을 하는 게 좋아. 하지만 크게 나아지지 않는다면 굳이 이야기할 필요는 없다고 봐. 2단계 사람에게 기대하지 말고, 바라지 마. 그러면 서운한 일이 생겨도 참을 수 있어.

1단계는 내가 좋아하는 사람이야. '가족'과 '친구'라고 말할 수 있는 이들이지. 1단계 사람과 얽힐 때 스트레스가 가장 클 거야. 나와 정말 가까운 사람이니까. 모든 사람에게 예의를 갖추는 게 중요한데, 특히 1단계와 지낼 때는 더 그래야 해. 오히려 2, 3단계의 사람은 심리적 거리가 있기에 서로 예의를 지키는데 1단계는 가깝다고 생각해서 함부로 대할 때가 많아. '나랑 친하니까 나를 다 봐주겠지?' 생각하거든. 하지만 아니야. 가까우면 더 예의를 지켜야 해. 서운하거나 불만이 있으면 이들에게는 말하는 게 좋아. 따지듯이 말하지 말고 내 마음을 터놓는 거지. 1단계 거리에 있는 사람이라면 내 상황과 마음을 이해하려고 노력할 거야. 그런데 내가 마음을 다 표현하고 줬는데도 내 마음을 몰라준다? 그러면 그 사람은 나에게 1단계가 아닐 수도 있어. 1단계와 2단계를 잘 구분해야 해. 1단계인 줄 알았는데 사실은 2단계인 사람이 있거든. 1단계에 쏟을 감정을 2단계 사람에게 쏟지 마.

인간관계를 이렇게 단계로 구분하는 게 좀 삭막한 것

같아? 뭐, 그렇게 보일 수도 있겠다. 그런데 나는 이런 식으로 단계를 구분하고 나서 마음이 편해졌어. 만나는 사람들에게 대놓고 "당신은 내게 2단계예요" "당신은 1단계예요" 하고 말하지는 않아. 하지만 내 마음속에서 정리를 해 두면 상대와 일이 생겼을 때 스트레스받는 걸 줄일 수 있어.

세상 모든 일이 그렇지만 인간관계에도 연습이 필요해. 만나는 사람에게 다 똑같은 마음을 품을 수는 없어. 모두에게 다 신경 쓰고 산다면 스트레스가 어마어마할 거야. 더구나 예민한 사람이라면 말이야.

예민한 게 좋을 때도 있어. 자신의 감정에 대해 들여다보고 잘 살펴보는 것만큼 타인의 감정도 신경 쓸 수가 있거든. 입장을 바꾸어서 '내가 저 상황이면 싫겠다'라고 생각하면 그 행동을 하지 않을 수 있잖아. 어쩌면 나는 예민해서 작가로 일하고 있는 것 같기도 해. 남들이 보면 별문제가 아닌 일이라도 나는 생각하고, 생각하고, 또 생각하니까.

소설은 가상의 상황에서 일어나는 일이야. 나는 그 상황과 인물에 대해 지나치다 싶을 정도로 오래 생각해. 소설 속 인물이 왜 그럴까? 어떻게 행동하면 좋을까? 앞으로 어떻게 될까? 어쩌면 내가 '이야기'로 예민함을 사용하기에, 일상에서 예민함이 덜한지도 모르겠어.

"왜 그렇게 예민해?"라는 질문을 받으면, 이렇게 대답해. 세상에 예민하지 않은 사람이 어디 있냐고! 예민하게 느끼는 상황과 이유가 각각 다를 뿐이지. 모두 다 예민한 구석이 있어. 곰곰이 생각해 보면 모든 일에 다 예민한 사람은 없더라고.

그러니 내 예민함의 레이더가 어디로 향하는지 살핀 다음, 그걸 잘 다스려 봐.

왜 날 미워해?

"학기 초부터 잘 지내 온 친구가 있어요. 그 친구랑 친하다고 생각했는데 그 친구는 아닌가 봐요. 아무래도 저를 좋아하지 않는 것 같아요. 싸우거나 그런 적은 없지만 저를 미워하는 느낌이에요."

초등학교 5학년 때였어. 선생님이 반 아이들에게 수업 시간에 공부하는 대신, 알아서 놀라며 일주일에 1시간씩 주셨어. 일명 장기자랑 시간이었어. 나와서 노래를 부르는 아이도 있었고 춤을 추는 아이도 있었지. 나랑 친하게 지내던 B는 〈한국을 빛낸 100인의 위인들〉 노래를 우리 반 아이들 이름으로 바꿔서 부르겠다고 했고 나는 재밌을 것 같다고 맞장구쳤어.

다음 시간, B가 교탁 앞으로 나와서 노래를 시작했어. 반 아이들의 특징을 넣어서 개사를 잘했더라고. 그런데 내 이름은 없었어. 반 아이들 40명 중 딱 한 명, 내 이름만 빠진 거야. 잘못 들은 거냐고? 아니. 장기자랑 시간이 끝나고 아이들이 B에게 가사를 쓴 노트를 보여 달라고 했어. 나는 한 명, 한 명 다 세 봤어. 재도 있네. 어? 재도 있어. 진짜로 내 이름만 딱 없더라고. 만약 B와 내가 친하지 않았다면 기분은 나쁘더라도 조금 나쁘고 말았을 거야. 그리고 다른 아이들에게 "와, 내 이름만 뺐어" 하고 말했을 거야. 하지만 B는 나랑 친했거든. 같이 모여 노는 무리였어. 나는 말하지 못했어. 다른 아이들에게도, B에게도. B의 단순한 실수라고 여겼어. 하지만 남은 5학년 내내 '혹시 내가 B한테 무슨 잘못을 한 건가? B는 나를 싫어하나?' 하는 생각을 떨쳐 버릴 수 없었어. 심지어 27년이 지난 지금도 이걸 생각하고 있잖아!

그 일은 지금도 미스터리야. B의 실수였는지 고의였는

지 모르겠어. 나는 왜 B에게 물어보지 못했을까? 이것도 잘 모르겠어. 물어보는 게 자존심 상하는 일이라고 생각했던 것 같아. 실수였다는 말을 듣는다고 달라질 건 없잖아. 어쩌면 실수가 아니라는 걸 알았기에 물어보지 못했던 게 아닐까? 아무튼 당시에도 찜찜했고 지금도 찜찜해.

사람들을 만나다 보면 저 사람이 나에게 호감이 있는지 없는지 느껴질 때가 많아. 느낌이라는 게 있잖아. 나를 좋아하는지 싫어하는지 말이야. 이건 아주 어린아이도 다 알아. 느껴지니까. 내가 느끼는 게 대부분 맞아.

내가 상대에게 좋아하는 마음을 10만큼 준다고 상대도 나한테 10만큼 마음을 주지 않아. 반대의 경우도 마찬가지야. 상대는 나에게 좋아하는 마음을 10만큼 줘도, 나는 그렇지 않을 수 있어. '나는 너에게 10의 마음을 주었는데, 너는 왜 내게 6만 줘?' 하고 다툴 수는 없어. 물론 속은 상하지. 좋아하는 마음을 두고 10을 줬느니, 6을 줬느니 하는 건 그래도 긍정적인 고민이라고 할 수 있어. 문제는 '미워하는 마음'이지. 나를 좋아하지 않는 사람을 만날 때는 정말 힘들어.

고1 때, C가 나를 미워했어. 앞에서 말한 5학년 때의 B에게 느낀 감정이 긴가민가 불확실했다면, C는 확실했어. 대놓고 나를 따돌리거나 괴롭히는 게 아니라 은근히 미워하는 거야. 내가 무슨 말만 하면 틱틱 면박 주는 말을 한다거나, 한쪽 입꼬리만 들어 올린 채 비웃는 거야. C가 나를 보는 눈빛에서도 싫어한다는 걸 느낄 수 있었어. 내가 고등학교 때는 토요일에도 학교를 나갔거든. 토요일 4교시 수업이 끝나고 시내로 나가서 노는 게 우리의 즐거움이었어. 그런데 나는 C가 불편해서 같이 가지 않았어.

왜 지난 편지에서 고1 때 학교를 그만두려 했다고 했잖아. 당시에는 입시 위주의 교육이 싫고, 학교가 답답하다고 이유를 댔는데 사실은 아니었어. 첫 에세이 『시시한 어른이 되지 않는 법』을 쓰면서 깨달았어. 내가 학교를 그만두려고 했던 가장 큰 이유는 C 때문이었다는 걸. C 때문에 학교 다니는 게 힘들었어.

나와 C 사이에 사건이 있었던 건 아니야. 미움의 원인이 될 만한 일은 없었어. 훗날 C와 다른 반이 되고(나는 문과, C는 이과로 가서 더 이상 같은 반이 될 일은 없었어) 같은 무리에 있던 다른 친구에게 물어봤어. C가 나한테 왜 그런 거냐고. 딱히 이유는 없었대. C는 그냥 내가 마음에 안 들었나 봐. C만 나를 미워했던 게 아니야. 나도 C를 아주 많이 미워했어. 나를 힘들게 한 사람을 어떻게 미워하지 않을 수 있겠어? 어쩌면 C가 나를 미워했던 것보다 내가 C를 더 많이 미워했을지도 몰라. 사랑에 사랑으로 답한다면, 미움엔 미움으로 답하게 돼 있어.

지금 아무렇지 않게 C에 대해 이야기하는 건 시간이 지나서만이 아니야. 나에게는 C가 여럿 있었거든. 앞의 편지에서 사람을 세 단계로 나누었잖아. 나와 별로 연관 없는 3단계 사람에게 미움받는 것도 힘든데, 2단계나 1단계 사람이 그러면 얼마나 힘들겠어? 그런데 어쩔 수 없이 2단계, 1단계 사람에게 미움받는 일이 생기더라.

많은 이가 나를 미워한다면 내 행동에 문제가 있나 돌아볼 필요는 있겠지. 하지만 특정 인물만 나를 미워한다면 내가 더 이상 할 게 없어. 만약 내가 잘못한 일이 있어서 그걸 고쳐서 달라진다면 고치면 돼. 하지만 고칠 것도 없는데 미움을 받는다면,

내가 잘못한 게 아니야. 내 문제가 아니라고.

그래, C가 나를 미워한 이유가 있긴 있었을 거야. 나에게 C를 거슬리게 하는 무언가가 있었겠지. 아무 이유 없을 리가 없잖아. 그런데 그게 내 특성이라면, C가 아닌 다른 사람은 괜찮다면, 굳이 고칠 필요는 없어.

내가 만나는 세상 모든 사람이 나를 좋아할 순 없어. 모두에게 사랑받을 필요도 없고 말이야. 원치 않지만 살아가면서 여러 C를 만나게 될 거야. 오해가 생길 수도 있고, 특별한 이유가 없을 때도 있고, 뭔가 실수해서 그럴 수도 있어. 그들에게 나를 좋아하라 마라, 할 수 없어. 그건 그 사람의 마음이니까.

내가 할 수 있는 건 단계 조절뿐이야. 나를 힘들게 하는 사람, 나를 미워하는 사람은 절대 1단계의 인물이 아니

야. 그 사람을 2단계로, 할 수 있다면 3단계로 거리 두기를 해.

그리고 나도 누군가에게 C였던 적이 있었어. 미움받는 게 아니라 미워하는 입장이었지. 1단계에 있는 친구였는데 종종 내 기분을 상하게 하는 말을 하는 거야. 내가 소중하게 여기는 사람을 무시하는 말을 한다거나, 내 상황에 대해 무신경하게 툭툭 말을 해. "너 진짜 대단하다. 근데 나는 그렇게 안 할 거 같아"라고 칭찬하는 척하면서 돌려 말하는 거지. 내가 아니라, 내 주변 사람들을 두고도 그렇게 함부로 말하는 거야. 그 친구가 나를 싫어해서가 아니라 그게 성격이었어. 다른 친구들에게도 그랬으니까. 친구의 말이 너무 기분 나빠서 핸드폰에 그 친구 이름을 '허수아비'로 바꿔 저장한 적도 있어. 〈오즈의 마법사〉에 나오는 허수아비처럼 뇌가 없다고 느껴졌거든. 그렇지만 그런다고 기분이 나아지지는 않더라.

그런데 그 친구가 또 말실수를 했고, 결국 참고 참다가 처음으로 기분 나쁘다고 말했어. 친구는 생각해 보니 미안하긴 하지만, 그래도 자기 말이 틀린 건 아니라며 사과 같지 않은 사과를 했어. 얼마 후 그 친구의 또 다른 말에 상처를 받았고 결국 나는 멀어지는 걸 택했어.

내 주변에는 많은 사람이 있어. 나를 좋아하는 사람도 있고, 나를 싫어하는 사람도 있고, 나를 불편하게 하는 사람도 있어. 한 종류의 사람만 있지는 않아. '왜 나를 싫어해?'라고 물어서 달라진다면 물어도 돼. 하지만 상황이 나아지지 않는다면, 무시하자. 쉽지 않겠지만 연습해 보자. C 같은 사람 때문에 내가 힘들 필요는 없잖아. 만약 지금 C와 같은 공간에 있다면 조금만 버텨 봐. C와는 언젠가 멀어지게 될 거야.

내가 에너지를 써야 할 사람은 나를 좋아하는 사람, 내가 좋아하는 사람이야. 그런 이들을 만나길 바랄게.

나랑 잘 맞는 친구가 없어

"저는 단짝이라고 할 만한 친구가 없어요. 친해질 기회가 몇 번 있었는데 잘 안 됐어요. 저한테 문제가 있는 걸까요?"

난 일곱 살 아이의 엄마야. 아이에게 유치원 생활에 대해 물어봐. 오늘 무얼 했고 간식은 어떤 걸 먹었는지 말이야. 특히 오늘의 간식이 궁금해. 유치원을 다닐 때 간식 먹으러 다니는 재미로 다녔거든. 유치원 생활이 거의 기억나지 않는데, 오늘의 간식은 뭐가 나올까 두근두근하며 유치원에 갔던 건 지금도 기억나. 그 당시 꿈이 유치원 선생님이 되는 거였는데, 그러면 유치원의 남은 간식을 다 먹을 거라는 상상 때문이었어. 우리 집 일곱 살 어린이는 귀찮은지 대답할 거리가 별로 없는지 자세하게 이야기하지는 않아. 같은 반 아이들과 어떻게 어울리는지 궁금해서, 반 아이들에 대해서도 물어봐. 신기하게도 일곱 살 어린이도 다 친한 친구가 따로 있더라고.

"엄마, 나는 A랑 친해."

"B는 C랑 친해."

"D는 E, F랑 놀아."

반 아이들이 누구누구랑 친한지 다 알고 있더라고. 이건 아이가 문장으로 말하기 시작한 다섯 살부터 그랬어. 아이 눈에도 다 보이고, 느껴질 정도로 친구들이 나뉘어 있나 봐. 이렇게 어린아이도 다 친구가 따로 있다니 좀 놀랐어.

물론 그렇다고 친한 친구끼리만 모여서 놀지는 않지. 선생님에게 여쭤 보면, 더 친하게 지내는 친구가 있긴 하지만 놀이, 학습 상황에 따라서 다른 친구들과도 어울린대. 친구 모임이 나뉘는 건 당연한 일이겠지. 한 반에 적게는 15명, 많게는 25명씩 있는데 모두가 한꺼번에 다 같이 놀 수는 없잖아.

아이에게 오늘은 누구랑 놀았냐고 물어봤을 때 "혼자 놀았어"라고 대답하면 이상하게 내 기분이 안 좋더라. 아이에게 감정이입을 해서 그런가 봐. 혼자 놀면 외롭지 않았을까 싶어서 말이야.

교실 안에서 생활하고 지내려면 같이 모여 있는 친구들이 필요해. 비슷한 환경에 놓여 있는 또래만큼 나를 잘 이해해 줄 만한 사람은 없으니까. 학창 시절을 떠올려 보면 단짝이라 부를 만한 친한 친구가 있던 시기도 있었고, 그렇지 못한 때도 있었어. 두 명씩 짝을 지어 줄 서서 가라고 할 때, 나만 짝이 없어서 홀로 걸어가면 속상하기도 했어. 새 학년이 되어 동아리를 정하라고 할 때, 단짝끼리 같은 동아리로 가는데 혼자 정해서 간 적도 여러 번이야. 그때마다 '독서 동아리'를 고르고 동아리에 가서도 책만 읽었어.

다들 모여 노는데 나만 혼자 있으면 안 될 것 같았어. 그래서 무리해서 한 모둠의 아이들과 어울렸어. 그 당시

나는 남자 아이돌 그룹 '젝스키스'를 좋아했는데, 모둠의 한 명은 'H.O.T.'를 너무 좋아하는 거야. 사사건건 그 아이와 부딪쳤어. 같이 어울리면서 피곤하다고 느낀 적이 잦았어. 같이 있으면서도 속으로 '아, 재미없다' 하고 생각했어. 잘 맞지 않는 친구와 어울리는 건 발에 맞지 않은 신발을 신고 있는 기분이야. 신발을 신고 있는 내내 불편한 것처럼, 같이 있는 시간 내내 마음이 편하지가 않아.

아이에게 그림책을 읽어 주다가 혼자 껄껄 웃은 적이 있어. 스웨덴 작가 스티나 비르센의 그림책 『누가 혼자야?』(기영인 옮김, 문학과지성사, 2017)에는 곰 하나가 나와. 아기 곰은 슬퍼. 혼자 있고 싶지 않은데 혼자인 상황이거든. 그래서 친구들에게 전화를 걸어서 같이 놀자고 제안해. 다른 친구가 놀러 와서 안 된다고, 할머니 집에 가야 한다고 다들 거절해. 아기 곰은 하는 수 없이 혼자 그림을 그려. 자기가 그린 그림이 마음에 들기도 하고, 들지 않기도 해서 다시 그리기도 해. 그런데 띵동 하고 초인종이 울리지. 밖에 나가 보니까 고양이 친구가 같이 놀자고 온 거야. 아기 곰이 어떻게 할 것 같아? 고양이에게 안 나간다고 말해. 다시 돌아와 홀로 그림을 그려. 아기 곰은 혼자 있고 싶어서 혼자 있겠대.

이제까지 읽었던 다른 동화였다면 아기 곰은 신이 나서 고양이와 나가서 놀았을 거야. 하지만 아기 곰은 혼자 있는 걸 선택해. 나는 이 그림책을 무척 좋아해. 내가 단짝이 없었을 때 외롭기만 했을까? 그때 나는 무얼 했을까? 혼자 책을 읽거나 영화를 보거나 글을 썼어. 나를 채우는 연습을 했어.

아무와도 어울리지 말고 혼자 지내라는 이야기가 아닌 건 알지? 잘 맞지 않는 친구와 무리해서 놀 필요는 없어. 친구들과 어울릴 때 스트레스가 해소되고 안정감을 느껴야 하는데, 반대로 어울리면서 스트레스받게 된다면 차라리 어울리지 않는 게 나아.

초등학교, 중학교, 고등학교, 이렇게 총 12년을 보내면서 만났던 친구들이 꽤 많아. 정말 친했던 친구도 있었는데 어쩌다 보니 지금은 연락조차 안 되기도 해. 지금 핸드폰 연락처를 주욱 들여다보니까 학창 시절 친구 중에 지금까지 만나는 친구는 손에 꼽아. 같은 반 된 적이 한 번도 없는데 보충수업반에서 만나 친해진 친구 O가 있어. O와는 대학을 같은 지역으로 다니면서 그때부터 종종 연락하고 만났어. 또 다른 친구 J는 고3 때 같은 반이었는데 그때는 거의 안 친했어. 학교를 졸업하고 한참 후에 중간에 다른 친구 P 때문에 같이 모여 만났어. J와 비슷한 시기에 아이를 낳아 키우다 보니까 지금은 P보다 J와 더 자주 연락해. 이렇게 될 줄 그때는 몰랐단 말이지. 상황에 따라, 내가 처한 환경에 따라 친구는 바뀌는 것 같아.

지금 내가 좋아하는 친구를 꼽으라면 세 명을 말할 수 있어. 다 함께 모임을 하는 관계가 아니고, 일대일로 만나는 친구들이야. 그런데 이 세 명 모두 학창 시절에 만난 게 아니야. 대학을 졸업한 다음에 만났어. 나이도 나보다 다 많아. 한 명은 대학원을 다니면서 내가 청춘이라고 이야기할 만한 시절에 함께 고민하고 아파했던 사람이고, 두 명은 나와 같이 아동청소년 문학의 글을 쓰는 작가야.

관심사가 비슷하고, 같은 일을 하기에 할 이야기가 정말 많고 자주 연락하게 돼. 내가 십대였다면 나에게 친구는 이 세 명뿐이야! 라고 말했을지도 몰라. 하지만 지금 나이가 되어 보니 알겠어. 나는 또 다른 친구를 사귈 수 있다는 걸 말이야. 내 상황이 또 어떻게 바뀔지 모르잖아.

나와 잘 맞는 친구들에 대해 생각해 보니까 학교 졸업 후 사귀게 된 친구는 신기하게도 전부 다 '언니'들이야. 언니들이 내 이야기를 잘 들어 주고, 나하고 잘 맞더라고. (그래서 『맞아 언니 상담소』라는 동화를 쓸 수 있었던 것 같아.) 어쩌면 내가 언니들과 잘 맞는 사람이기에, 학창 시절에 친구를 잘 못 사귀었는지도 모르겠다.

자, 그러니까 지금 당장 단짝이 없다고 걱정하지 않아도 돼. 아직 살아갈 날이 많이 남았잖아. 그 길에서 어떤 친구를 사귀게 될지는 모르는 거야. 잘 맞지 않는 친구 때문에 많이 고민하지 마. 벌써부터 내 성향과 맞는 친구만 사귀겠다고 선언하지도 말고. 이런 친구도 만나 보고, 저런 친구도 만나 보는 거야. 그러면 나와 잘 맞는 친구가 어떤 이인지 알 수 있어. 언니들과 잘 맞는다는 건 내가 39년을 살면서 비로소 깨달은 거라고. 그들과 만나자마자 친구가 된 게 아니었어. 시간이 지나면서 내 곁에 남은 이들이 그들이었고 스며들듯 서로 친구가 된 거야.

편한 신발을 신으면 많이 걸어도 힘들지 않아. 그런 편한 친구를 언젠간 만날 거야. 그러니 조금만 더 기다려.

연애를 하고 싶어

"주변에 많은 친구들이 연애를 해요. 저만 안 하고 있네요. 어른들은 대학에 가면 할 수 있다고 하지만 왠지 저만 안 하고 있으니 억울하고 불리한 기분이에요. 고등학교 시절의 연애, 어떻게 생각하시나요?"

내가 처음으로 좋아했던 아이는 초등학교 6학년 때 같은 반이었던 W였어. 키가 크고, 얼굴이 하얗고 눈썹이 짙었어. 우리 반 반장이었는데, 시끄럽거나 까불거리지 않고 아주 침착했어. 반에 특수반 아이가 있었는데, 아무도 그 아이와 짝이 되려고 하지 않았는데 W는 자기가 하겠다고 했고, 1년 내내 그 친구를 도왔어. W는 군인인 아버지가 퇴직을 하시면서 6학년 말에 전학을 갔어. 나는 그 아이에게 한 번도 좋아한다는 말을 한 적이 없어. 반 친구들에게 "W가 우리 반에서 가장 괜찮은 것 같아"라고 말했을 뿐이야. W를 모르는 다른 학교에 다니는 동갑내기 친척에게만 좋아한다고 고백했어. 그 당시에는 핸드폰이 없었고, 나는 그 아이의 목소리를 듣고 싶어서 공중전화로 W네 집에 전화를 걸었어. W가 받으면 바로 끊어 버렸지.

눈에서 멀어지면 마음에서도 멀어진다고 중학교에 입학하면서 W를 잊었어. 그 후로 그 아이를 한 번 만난 적이 있어. 수능 끝나고 반창회를 했는데 W가 나왔더라고. 여전히 침착하고, 멋있었어. W는 아버지를 따라 육군사관학교에 입학한다고 했어. 그 이후로 메일을 잠깐 주고받았던 것 같은데 따로 만나지는 못했어. 내 핸드폰 번호를 몰랐는지, 대학 입학하고 우리 집으로 전화를 걸었대. 엄마가 그러더라고. W에게 연락이 왔었다고. 나는 서울에서 대학을 다니고 있어서 받지 못했지. 내 기억으로 W는 핸드폰 사용이 자유롭지 않았어. 그때 W가 다니던 학교 규칙 때문에 그랬던 것 같아. 나도 더 이상 W에게 연락하지 않았고 그 아이도 그랬지. 그래도 W에 대한 기억은 좋게 남아 있어. 지금 편지를 쓰면서 깨달았어. 내가 쓴 소설과 동화 속 차분한 남자 인물들은 W가 모델이야.

중학교 2학년 때 연애가 너무 하고 싶은 거야. 반 아이들 중에 연애하는 아이들이 있었거든. 한창 만화책을 많이 보던 시절이었는데 거기 십대들의 연애가 많이 나왔어. 여중을 다니고 있어서 주변에 남자들이 없었어. 그 당시 나는 검도학원을 다니고 있었는데 같은 시간에 운동하는 건 어린 초등학생들이었지. 내가 끝나고 집에 갈 즈음에 오는 고등학교 1학년 오빠 두 명이 있었어. 그중 L은 옆 반 아이의 오빠이기도 했고, 우리 언니의 중학교 선배였지. 언니가 그 오빠 칭찬을 엄청 많이 하는 거야. 그때 언니가 학생회 일로 둘이 자주 만나던 시기였거든. 나는 어떻게든 연애하고야 말겠다는 일념으로 레이더망을 켜서 상대를 찾다가 L로 낙점했지. 언니도 L이 괜찮은 사람이라며 고백하라고 나를 부추겼어. 나는 L과 말 한마디 해 본 적 없고 지나가다가 1, 2초 마주친 게 전부였지만, 고백해야겠다고 결심했어. L이 좋아하는 가수의 음반과 초콜릿을 담은 바구니를 L의 여동생을 통해 보냈어. 오빠를 좋아한다는 엽서도 썼지. 곧바로 거절하는 메시지가 왔어. 당시에는 삐삐라는 걸 사용했는데 L이 음성 메시지를 남겼더라고. 이러는 거 부담스럽다고.

얼마 후 우리 언니가 L과 사귀게 됐어. 얼마나 어이가 없던지. 언니는 L과 썸을 타고 있으면서 괜히 나를 부추겼던 거야.

"언니 너, 나한테 엿 먹인 거냐?"

언니에게 한번 '크게' 성질내고 말았어. 그리고 금방 털어 버렸어. 나는 L을 좋아해서 고백했던 게 아니라 그냥 남자친구가 사귀고 싶었던 거니까. L에게 하지 않았다면 그 옆에 있던 L의 친구에게 고백했을 거야. L이든 누구든 상관없었어.

대학에 입학해서 영화 동아리에 가입했어. 한 학년 위 선배였던 K를 좋아하게 됐어. 그 선배는 위트가 있어서 말을 재밌게 하고 옷도 잘 입었어. 대학에 입학하면 남자 친구를 사귀겠다는 강한 의지가 있었고, 열심히 미팅과 소개팅을 하러 다녔지. 그러면서 내심 K와 사귀면 좋겠다고 생각했지. 하지만 K는 내게 마음이 없었어. 그 정도의 눈치는 있잖아?

그때 한창 유행하던 메신저로 나는 자주 K에게 말을 걸었어. 이런저런 이야기를 하다가 내가 좋아하는 사람이 있는데, 고백을 해야 할지 말아야 할지 고민 중이라고 말했어.

"혜정아, 절대 고백하지 마. 절대, 절대."

K는 내게 당부하고 또 당부했지. K는 알고 있었어. 내가 고백하려는 대상이 자기라는 것을 말이야. 그 말을 듣고 어찌 내가 고백할 수 있었겠어? 못 했지, 뭐.

그 외에도 대학 수업을 들으며 "와, 완전 괜찮은데?" 하고 흠모했던 이가 둘 있었지. 그들은 모두 우리 학과에서 제일 예쁜 언니들과 사귀더라고.

아니, 연애 이야기에 왜 계속 짝사랑 연대기만 늘어놓는 거냐고? 그건 끝내 그들과 연애를 못 했다는 것을 말하려는 거야. 결국 나는 짝사랑했던 이들과 연애를 못 했어. 스무 살까지 나는 이렇다 할 연애를 못 해. 그러니까 연애할 꿈을 버려! 아, 이게 아닌가?

짝사랑했던 사람과만 못 했을 뿐이지 아예 연애를 못 한 건 아니야. 내가 스무 살까지 짝사랑만 했던 건, 연애할 준비가 돼 있지 않아서였어. 나는 아이돌을 좋아하듯, 현실의 누군가를 좋아할 뿐이었어. 아이돌을 좋아했을 때는 짝사랑도 쉬었지.

스무 살 전까지 나는 이성과 좋아하는 마음 이상의 관계를 맺거나 유지하고 싶은 욕구도 없었고, 조건도 되지 않았어. 연애는 일대일의 가장 친하고 특별한 친구를 가지는 일이야. 친구는 한꺼번에 여러 명을 만날 수 있지만, 연애할 때는 단 한 명뿐이야. 연애할 때만큼은 모든 것의 1순위가 상대방이야.

초등학교 4학년 대상으로 강연을 한 적이 있어. 내가 묻지도 않았는데 아이들이 와서 "애랑 애랑 연애해요"

"재 남자친구는 얘예요" 하고 말을 해 주는 거야. 나는 연애하면 따로 만나서 데이트라도 하는지 궁금했어. 그런데 4학년에게 그런 건 전혀 없었어. 남자친구, 여자친구 선언을 하고, 교실 안에서 조금 더 챙겨 주는 것뿐이래. 놀릴 일이 있어도 놀리지 않는다는 거지. 하지만 진짜 연애는 그게 아니잖아.

연애를 하면 상대와 거의 대부분의 것을 공유하게 돼. 내 생활에 대해 다 알리게 되고, 나도 상대방의 일상을 다 알게 되지. 다른 친구와 잘 만나지 않고. 연애 기간에는 연애 상대를 먼저 생각하게 되니까. 한창 연애에 빠졌을 땐 해야 할 일보다 연애가 더 우선이 되기도 해. 이건 누가 시켜서가 아니라 자연스럽게 그렇게 돼.

연애는 '내 남자친구, 여자친구 하자'라는 선언이 아니라, 서로 좋아하며 알아 가는 과정이야. 이게 가능하다면, 하고 싶다면 그때 연애를 하는 게 맞아.

연애를 하려는 이유가 '친구들이 다 하는데 나만 못 해서'라는 건 좀 위험한 생각이야. 예를 들어 아이돌에게 입덕하는 걸로 비교해 볼게. 주변 사람들이 아이돌을 좋아하니까, 나는 사실 별로 아이돌에 관심 없는데 '누구라도 좋아해야겠다!' 하고 생각한다면 진짜 입덕할 수 있을까? 입덕해서 계속 그 생활을 지속할 수 있는 마음이 있어야 가능한 거야.

'연애를 위한 연애'를 하다가는 자칫 마음에도 없는 상대와 사귀게 될 거야. 그건 나에 대한 예의도 아니고, 더불어 상대에 대한 예의도 아니라고. 누군가가 너무 좋기에, 저 사람이 궁금하고, 더 가까워지고 싶고, 계속 친한 관계를 유지하고 싶다, 이런 마음에서 연애가 시작되어야 해. 그래야 연애를 할 수 있어. 연애를 몇 번 해 봤느냐, 몇 살에 처음 해 봤냐는 중요하지 않아.

대학만 가면 연애 많이 할 수 있다는 어른들의 말은 맞지 않아. 대학 가서도 연애 못(안) 하는 사람은 계속 못(안) 하더라. 그런 사람들은 연애할 자세가 안 되어 있어서 그래. 연애가 필요할 때 나와 맞는 상대를 만나 제대로 된 연애를 하길 진심으로 바라. 지금 그런 상대가 아직 없더라도 조급해하지 말고.

3장

오락가락 감정 때문에 미치기 일보 직전인 나에게

막 화가 나고 막 슬퍼

"별일 아닌데 화가 나서 미치겠어요. 작은 일이라는 걸 아는데도 기분 나쁜 게 오래가요. 감정을 다스리고 싶은데 그게 잘 안 돼요."

나는 사춘기가 좀 일찍 왔던 것 같아. 열두 살 때 생리를 시작했고, 그때부터 방문을 잠그고 들어가 혼자 있는 걸 좋아했어. 한 살 많은 언니보다 사춘기가 먼저 왔어. 그래서 우리 가족은 나를 좀 이상하게 여겼어. 왜 별일도 아닌데 저렇게 화를 내고 우는지, 왜 혼자 있고 싶어 하는지 이해하지 못했지. 나는 밤 시간을 참 좋아해. 온 세상이 고요하잖아. 다른 사람들은 잠들어 있고, 나만 깨어 있으니까. 그때는 밤마다 라디오를 들었어. 나만의 세상에서 머무는 기분이었지.

작은 일로도 화가 났고 슬펐어. 5학년 때 우리 학교에 어떤 선생님이 돌아가셨어. 조회 시간에 교장 선생님이 그걸 알려 주시는데, 갑자기 눈물이 나는 거야. 돌아가신 분을 한 번도 뵌 적이 없는데도 하루 종일 교실에서 울었어. 죽음이란 뭘까, 죽으면 다시는 세상에 못 돌아오는 건데, 남은 가족은 어쩌지? 종일 그 생각에 빠져 있어서 너무 슬펐어. 집에 갈 때까지 눈이 퉁퉁 붓도록 울었던 것 같아.

지금 생각해 보면 그 시절에 왜 그랬을까 싶었던 일이 많아. 그렇게 슬퍼할 일이 아닌데, 그렇게 화를 낼 일이 아닌데, 그렇게 흥분할 일이 아닌데, 그렇게 서운할 일이 아닌데 그랬어. 그건 내 감정의 역치가 낮기 때문이야. 역치는 생물체가 자극에 대한 반응을 일으키는 데 필요한 최소한도의 자극의 세기를 나타내는 수치야. 이 역치는 생물체마다 다르겠지? 사춘기 때의 역치는 최고로 낮아.

조금만 건드려도 크게 반응해. 건드리기만 해도 죽는다는 개복치 같지.

이건 생물학적으로 아주 당연한 거래. 우리의 마음을 다스리는 건 '뇌'야. 사람의 뇌는 청소년기에 다시 초기화, 즉 리모델링을 한대. 생각, 판단, 충동 조절, 감정 조절 등을 관장하는 뇌의 전두엽이 이때 다시 발달 과정을 거친대. 이걸 30평대 아파트를 100평대로 넓히는 일에 비유하기도 하더라고. 건물 리모델링하는 거 봤어? 단순히 가구 하나 바꾸는 게 아니라 건물의 뼈대만 남기고 싹 다 갈아엎잖아. 얼마 전 윗집이 리모델링을 했는데 엄청 시끄럽더라고. 바닥도 바꾸고, 벽지도 바꾸고, 창문도 바꾸고 다 바꿔야 하니까. 집의 입장에서 보더라도 무척 정신없고 바쁠 거야. 지금, 네가 그런 상태야.

네 머릿속이 엄청나게 바쁘게 움직이고 있어. 리모델링이 끝난 집에 가 보면 멋있어. 하지만 그 과정이 얼마나 정신없었겠어? 여기에 이걸 놓을지 저걸 놓을지 고민해야 하고, 이렇게 하는 게 맞는지 저렇게 하는 게 맞는지 일일이 따져 봐야 해.

네가 어떤 상황에 처하게 된다고 하자. 그러면 이럴 때 슬퍼해야 하는 게 맞을까? 그러면 얼마나 슬퍼해야 하지? 이리저리 감정을 맞춰 보고 있는 중이야. 모든 감정이 일일이 다 그런 과정을 거쳐. 와, 진짜 바쁘겠다. 에너지도 얼마나 많이 쓰겠어? 배도 많이 고플 거야. 그러니까 간식 잘 챙겨 먹어.

지금 너는 인생에서 가장 중요한 시기를 보내고 있어. 뇌가 발달하고 있는 상태이기에 어떤 경험을 하느냐가 아주 중요해. 어떤 정신과 의사 선생님이 그러시더라고. 청소년들에게 더 신경을 써야 한다고. 살다 보면 인생에서 커다란 사건을 겪을 수가 있잖아. 트라우마가 될 만큼 큰 사건 말이야. 성인은 그런 일이 마음의 상처가 되긴 하지만, 성격과 태도에 영향을 주진 않는대. 이미 정신이 완성되었기 때문이지. 하지만 청소년들은 아니래. 어떤 일을 겪었느냐가 성격과 태도에 영향을 준대.

내가 한창 사춘기를 겪을 때 성수대교가 무너지고, 삼

풍백화점이 무너지는 일이 생겼어. 결과만을 중시한 졸속 행정의 결과물이었어. 겉으로는 그럴듯해 보이는데, 만드는 과정에서 빠뜨린 게 있었기 때문에 그런 일이 생긴 거야. 나는 서울에 살지는 않았지만 그 일이 남 일 같지 않았어. 내가 겪을 수도 있는 사건이라고 생각했어. 밤늦게까지 뉴스특보를 보며 그 사건을 지켜봤어. 지금도 맨홀 뚜껑 위를 걸어가지 못해. 혹시 그 뚜껑이 잘 닫혀 있지 않아 바닥으로 쑥 들어가면 어떻게 해? 공사 중인 건물 아래를 지나갈 때도 엄청 빠르게 뛰어가. 위에서 무언가 떨어질 수도 있으니까. 아무래도 내게 안전과민증이 있는 것 같아.

2014년 세월호 참사가 일어났는데, 그 시기에 청소년이었던 이들에게 너무 미안해. 모든 사람이 충격을 받고 슬퍼했어. 그런데 성인과 청소년이 받아들이는 세월호 참사는 달랐을 거야. 그 시절의 청소년기를 보냈던 이들은 과연 국가를, 사회를, 어른을 어떻게 생각할까?

그래도 이번 코로나 사태를 겪으며 조금 희망이 생기

기 시작했어. 어른이 아닌, 청소년 덕분에 말이야. 사회는 혼자 살아갈 수 없어. 함께 모여서 사회를 만들어 가야 해. 코로나 때 사회에 가장 협조를 잘한 이들이 바로 어린이와 청소년이야. 학교에 제대로 가지 못하고, 거의 집에서만 지냈잖아. 코로나 사태가 터졌을 때 어른들이 걱정했거든. 어린이와 청소년들이 마스크를 잘 안 쓸 거라고 말이야. 하지만 웬걸? 마스크 규칙을 제일 잘 지키는 게 어린이, 청소년이더라. 오히려 규칙을 어기는 사람은 어른이 많았어. 나 하나 규칙을 어기면 사회가 무너질 수 있다는 것을 십대들은 잘 알고 있고, 그래서 잘 지키고 있는 거야. 코로나 때 '아프면 집에서 쉬기'를 슬로건으로 내세웠어. 이건 당연한 거잖아. 아플 땐 쉬어야지. 하지만 그전까지 우리 사회는 그러지 못했던 것 같아. 아파도 일하고, 아파도 공부하라고 했어. 하지만 무얼 위해 그렇게 해야 하지?

코로나를 겪은 청소년 세대는 지금의 어른들과 다를 거라고 믿어.

지금까지 노력해서 성공해 본 경험도 있을 거고 실패한 경험도 있을 거야. 성공의 맛을 안다면 또다시 성공하기 위해 노력하겠지. 실패는 어떨까? 실패해서 주저앉기만 한다면 다시는 무언가에 도전하려고 하지 않을 거야. 노력해서 실패했지만 계속 도전하는 경험을 갖길 바라. 나는 중학생 때부터 작가가 되고 싶어서 공모전에 많이 도전했어. 『하이킹 걸즈』로 등단할 때까지 100번 정도 떨어졌을 거야. 그래서 실패에 익숙해. 실패하면 곧바로 다음 공모전을 찾았어. 실패를 받아들이는 방식이 주저앉음이 아니라 '다음 기회'를 찾는 거였어.

십대 시절부터 나에게 커다란 콤플렉스는 살이었어. 수많은 다이어트를 다 해 봤지만 번번이 실패했는데, 딱 한 번 의도치 않게 성공한 적이 있어. 스물한 살에 사귄 남자친구와 연애를 꽤 오래 했어. 3년 조금 더 만났거든. 그 친구가 어학연수를 갔다가 다른 여자친구를 사귀게 되어서 '환승 이별'을 당했지. 그때 얼마나 속이 상했는지 '화병'에 걸린 거야. 화병은 우리나라 사람들에게만 있는 병으로 국어사전에서는 이렇게 설명하고 있어.

화병(火病) : 억울한 마음을 삭이지 못하여 간의 생리 기능에 장애가 와서 머리와 옆구리가 아프고 가슴이 답답하면서 잠을 잘 자지 못하는 병.

자다가도 너무 화가 나서 벌떡벌떡 일어났어. 연애의 시작은 둘이 동시에 하지만, 연애의 끝은 그렇지 않은 경우가 많아. 한 사람이 먼저 이별을 선언하고, 다른 사람은 좀 더 늦게 받아들이기도 하지. 어쨌든 일주일 내내 화병에 시달렸고, 몸무게 7킬로그램이 쭉 빠져 버린 거야. 사람 마음이 참 이상하지 뭐야. 체중계 위의 내려간 숫자를 보니 기분이 좋아지더라고. 몸무게가 줄어드니 자신감도 생겼어. 더 이상 누워 있지 말아야지 싶었어.

자, 다음 기회를 찾자!

핸드폰 화면을 켠 다음, 연락처를 죽 들여다봤어. 그리고 두 부류로 사람을 나누었어.

소개팅을 해 줄 수 있는 사람과 그렇지 않은 사람.

지인들에게 내 사정을 이야기한 다음 소개팅을 부탁했지. 한 달 동안 여덟 번 소개팅을 했고, 그중에서 잘 맞는 사람과 새로운 연애를 시작했어. 십대 때 익힌 실패 대처법이 그렇게 또 도움이 됐어.

어떤 경험을 하느냐가 앞으로의 인생에 커다란 영향을 줄 거야. 너의 뇌는 지금 느끼고 생각하는 것을 입력하여, 그걸 표준으로 삼을 테니까 말이야.

막 화가 난다고? 막 슬프다고? 걱정하지 마. 지극히 잘 발달하고 있는 중이야. 감정과 생각이 잘 자라날 수 있도록 더 많이 느끼고 생각하길 바라.

이유 없이 자꾸 머리가 아파

"두통이 너무 심해요. 약을 먹어도 그때뿐이고, 약을 자주 먹으면 안 좋다고 해서 걱정이에요."

초등학교 2학년 때, 나는 보건실 단골이었어. 툭하면 머리가 아픈 거야.

"선생님, 머리 아파요."

"선생님, 보건실 가고 싶어요."

보건 선생님은 나를 보면 "에구, 또 왔니?" 하고 말씀하셨어. 보건실에 간다고 해서 약을 먹거나 그런 건 아니었어. 두통약을 먹기에는 어린 나이잖아. 보건실에 다녀왔다는 것만으로도 머리가 덜 아팠어. 수업하기 싫어서 땡땡이치려고 그런 거냐고? 아니야. 정말로 머리가 아팠거든. 신기한 건 집에만 가면 머리 아픈 게 나아졌어. 그래서 병원까지는 가지 않았어.

학교에 가면 또 머리가 아팠어. 계속 머리가 아프다고 하니까, 담임선생님이 양 검지로 내 관자놀이를 꾹 눌러 주셨어. 그러면 조금 나아지는 것도 같았지. 선생님은 보건실에 가지 말고 머리가 아플 때마다 검지로 머리를 누르라고 알려 주셨지.

초등학교 1학년, 3학년 때 함께 놀던 친구들과 교실이 지금도 기억나. 그런데 초등학교 2학년 때는 머리 아파서 보건실에 갔던 것만 기억나. 친구들이 하나도 기억나지 않아. 그때 학교는 재미없고 어려웠어. 얼른 집에 가고 싶다는 생각을 자주 했어.

학년이 올라가면서 머리 아픈 게 나아졌던 것 같아. 그러다가 중학교 3학년 때 또다시 두통이 시작되었어. 간헐적으로 두통이 찾아오는데, 누가 내 머리를 꽉 움켜쥐고 있는 것 같았어. 두통약을 먹으면 잠깐 나아지기는 했어.

하지만 머리가 너무 자주 아픈 거야. 어떨 때는 약을 먹어도 두통이 사라지지 않았어. 초등학교 2학년 때는 학교에서만 그랬다면 중3 때는 집, 학교에서 모두 그랬어. 두통이 심해 잠들기 힘든 적도 많았어. 그때는 도저히 안 되겠다 싶어서 신경과에 갔어. 내 머리에 문제가 생긴 게 분명해. 그렇지 않고서야 이렇게 아플 리가 없잖아?

검사를 했는데 이상 없다는 거야. 선생님에게 물었어. "그러면 저는 왜 그렇게 아픈 거죠?" 의사 선생님은 내게 손을 펴 보라고 했어. 그리고 다시 꽉 쥐어 보라고 했어. "학생 손바닥에 학생 머리가 들어 있고, 그걸 스스로 꽉 쥐고 있어서 그래요. 손을 좀 펴요. 그렇지 않으면 머리가 계속 아플 거예요."

심인성, 즉 마음에서 통증이 비롯되었다는 거야. 그 이후로 머리가 아플 때면 의사 선생님의 말을 떠올리며 실제로 손바닥을 들여다봤어. 그리고 손을 서서히 펴 보았지. (나는 선생님의 이 말이 너무 인상 깊어서 『텐텐 영화단』이라는 소설 속 에피소드로 사용하기도 했어.)

십대 시절에 자주 두통에 시달렸어. 지금 생각해 보니 그건 내 전두엽이 리모델링을 하는 중이어서 그랬던 것 같아. 확장 공사를 해야 하니까 머리가 많이 아팠겠지. 진로 때문에, 주체할 수 없는 감정의 파동 때문에, 친구 때문에 고민도, 생각도 아주 많던 시절이었으니까.

두통 말고 내가 자주 앓았던 건 '위'와 관련된 증상이야. 고등학생 때 자주 체했어. 에너지를 많이 쓰니 배가 고파 많이 먹게 되고, 소화가 잘되지 않아 체하는 일이 많았어. 일주일에 두세 번씩 아빠가 내 손가락을 바늘로 따 주었어. 밤에 공부를 하려고 책상 앞에 앉거나 자려고 눕는데, 명치가 답답해서 숨도 못 쉴 것 같았어. 그러면 안방으로 조르르 달려가 문을 두드리는 거지.

"아빠, 나 좀 따 줘."

그때 아빠는 초등학교 2학년 때 보건 선생님의 얼굴을 하고 있었어. 얘 또 왔구나.

아빠는 내 손가락을 따 주며 적당히 좀 먹으라고 했지. 내가 많이 먹어서 그랬던 것도, 빨리 먹어서 그랬던 것도 아니야. 내 스트레스가 소화가 안 되는 것으로 나타났던 것뿐이라고. 시험 기간이 되면 화장실로 달려가 구역질을 했어. 이번 시험을 못 보면 안 되는데, 하는 생각은 결국엔 헛구역질로 이어지더라고.

청소년기엔 감기에 잘 걸리지 않는대. 면역력이 좋기 때문이지. 감기 같은 걸로 병원에 갔던 기억은 나지 않아. 하지만 머리가 아프거나 체하거나 하는 자잘한 병이 십대 시절에 자주 있었어. 두통이나 체하는 건 바이러스 때문에 걸리는 병이 아니잖아. 그러면 도대체 원인이 뭐였을까? 마음이 받는 스트레스가 몸 어딘가에서 발현하는 거야. 많은 병이 마음에서 비롯돼. 그때는 내가 왜 아픈지 몰랐어. 몸이 아프면 또 스트레스를 받아. 스트레스를 받아 아픈 건데, 아픈 것 자체, 즉 통증이 또 다른 스트레스를 유발해. 이중 스트레스지.

지금도 어김없이 스트레스를 받으면 머리나 위쪽이 아파. 석사논문을 쓰면서는 체하는 것을 넘어서 '역류성 식

도염'으로 업그레이드되었어. 그게 어떤 증상이냐면 목구멍부터 위까지 활활 타오르는 것 같아. 내 병의 원인이 스트레스라는 것을 깨닫고 난 다음에는 통증을 다스리는 게 조금 수월해졌어. 머리나 위가 아프면 어김없이 신경 쓰는 '어떤 일'이 있을 때더라고.

우선은 통증을 줄이려고 해. 안 좋은 일이 생기거나 신경을 쓰면 머리가 아파 와. 그때는 곧바로 두통약을 먹어. 스트레스를 받아 위가 아프면, 소화가 안 되는 음식을 피하고 잠자기 2시간 전에는 되도록 먹지 않아.

마음이 편하면 몸이 아파서 고생하는 일도 줄어들 거야. 누구와도 만나지 않아 얽힐 일이 없고, 아무 일도 하지 않는다면 일이 잘 풀리지 않는 일도 생기지 않겠지. 하지만 그렇게 살아갈 수는 없어. 무균실에 갇혀 산다면 바이러스 질병을 얻지 않겠지만, 그건 불가능하잖아? 살아가다 보면 자극을 받을 수밖에 없어. 그렇다면 할 수 있는 일은 스트레스를 다스리는 연습이야. 이유 없이 머리가 아프다거나 배가 아프다면, '마음'에서 비롯된 거야. 몸이 경고하는 거라고. 스트레스받지 말라고 말이야. 계속 스트레스를 받으면 몸은 더 아파질 거라고 강하게 신호를 보내고 있는 거야.

병원에 가서 진단을 받았는데 몸 자체에 문제가 생겨 아픈 게 아니라면, 마음이 힘들어서 아픈 거야. 스스로에게 물어봐. 불편한 게 뭐냐고, 걱정스러운 게 뭐냐고. 타인과 대화하는 기술만 필요한 게 아니라 나 자신과 대화하는 기술도 필요해. 내 마음을 들여다보고 계속 말을 걸어. 이유를 알게 된다면 이걸 어떻게 줄이거나 없앨 수 있을지 생각해 봐야지. 친구 때문이라면 그 친구와 다른 반이 되는 1년을 기다리거나, 기다리는 정도로 해결이 안 된다면 부모님이나 선생님에게 도움을 요청해 봐. 시험 때문에 스트레스받는 거라면 시험에 대처할 방법을 찾아서 시도해 봐야겠지.

언젠가부터 안부를 전할 때 '건강하길 바라요'라는 말을 하게 됐어. 건강은 나이 든 사람들만 이야기하는 줄 알았는데, 이제 내가 그러고 있네. 건강의 중요성을 알게 된 나이가 되어서 그런가 싶기도 하지만 정말로 '건강'만큼 중요한 게 없더라고. 건강은 몸의 상태만 말하지 않아. 정신적으로나 육체적으로 아무 탈이 없고 튼튼한 상태를 뜻해. 나는 건강한 사람이 되는 게 가장 큰 목표야. 사람들이 학교에 다니고, 공부를 하고, 일을 하고, 운동을 하고, 친구를 사귀고, 가족을 만드는 건 궁극적인 한 가지 이유 때문이야. 다 건강하게 살기 위해서야.

그러니까 네가 많이 아프지 않았으면 좋겠어. 몸도, 마음도 건강하길 바라.

제발 아프지 마.

아무것도 하기 싫어

"귀찮고 의욕이 없어요. 공부도 하기 싫고, 친구들 만나 노는 것도 재미없어요."

기분이란 건 참 이상해. 항상 같지 않아. 좋을 때도 있고, 나쁠 때도 있어. 똑같은 상황임에도 어떨 때는 괜찮은데 또 안 괜찮기도 해. 내 기분을 내 마음대로 조절할 수 있으면 참 좋을 텐데, 그렇지 않잖아.

어떤 날은 막 기운이 나서 뭐든 하고 싶어. 기분 좋게 학교도 가고(물론 이런 날은 많지 않지), 친구들과 이야기하는 것도 너무 재밌어. 저녁으로 무얼 먹을까 기대도 되고,

집에 가서 뭐 하고 놀지 생각만 해도 좋아. 하지만 어떤 날은 물 먹은 휴지처럼 축 늘어져 있기도 해. 침대에만 계속 누워 있고 싶고 아무것도 하기 싫어. 인터넷도 하기 싫고, 게임을 해도 그만, 안 해도 그만이야. 저절로 "아, 귀찮아"라는 말이 나와.

이럴 때 조심해야 해. 피곤해서 쉬고 싶은 거와는 다른 상황이야. 잠을 제대로 못 잤거나 몸이 무리를 했다면 푹 자고 일어나면 나아져. 그래서 바닥이었던 에너지가 다시 채워져서 일상으로 돌아와. 잠을 잘 자는 건 아주 중요해. 나는 몸뿐만 아니라 마음이 피곤할 때도 잠을 자. 그러면 훨씬 나아지더라고. 잠들었을 때 뇌가 쉴 수 있다잖아.

피곤한 것도 아닌데 의욕이 없다? 다 귀찮다?

혹시 '번아웃 증후군'에 빠진 게 아닌지 살펴봐. 이게 뭐냐면, 의욕적으로 일에 몰두하던 사람이 극도의 신체적·정신적 피로감을 호소하며 무기력해지는 현상을 말해. 이건 일의 결과와는 상관없어. 입시생이 시험을 잘 봐서 원하는 결과를 얻어도 번아웃이 생길 수 있어. 확 불타

오르다가 갑자기 꺼져 버리는 거야.

결과가 좋지 않으면 기운이 빠지면서 '내가 이걸 왜 했나' 하면서 의욕을 잃기도 해. 공모전에 떨어질 때 종종 그랬던 것 같아. 아무리 다음 공모전이 있으니 실망하지 말자고 스스로 위로해도, 내가 쓴 글이 별로라는 거잖아. 아니라는 거잖아. 과연 다음 공모전에 낸다고 달라질까, 다음 작품도 비슷하게 쓰면 안 될 텐데 어쩌나, 하면서 좌절하게 돼. 작가가 된 지금도 그래. 책을 스무 권 넘게 썼는데도 불구하고, 한 번씩 이게 내 일이 아닌가 하는 생각을 해. 바로 출판사에서 원고 거절을 당했을 때! 나는 이 이야기가 정말 재밌고 좋다고 생각하는데 출판사에서 내 줄 수 없다고 하면 내가 하는 일에 회의가 생겨. 몇 날 며칠 우울감에 빠져 아무것도 못 하기도 해. 글만 쓰지 않는 게 아니라, 아무것도 하고 싶지 않아. 이건 당연한 일이겠지. 열정을 다한 일의 결과가 좋지 않은데 어떻게 아무렇지 않을 수 있겠어. 귀찮고 의욕이 안 생길 수밖에 없어.

그런데 그런 상태를 오래 두지 마. 아무것도 하지 않고 지내면 계속 그렇게 있게 돼. 귀찮고 의욕이 없는 게 습관으로 굳어져서 그게 내 일상이 되면 무척 곤란해. 몸과 마음이 피곤하면 쉬어 가야지. 쉬는 것과 귀찮고 의욕 없는 것을 구분해. 쉬면서 마음이 편해진다면 얼마든지 더 쉬어도 돼. 몸과 마음이 개운해지고 기운이 나려고 쉬는 거야. 하지만 귀찮고 의욕이 없어서 가만히 있는데 마음이 더 불편해진다면, 그건 쉬는 게 아니라 오히려 자신을 더 힘들게 만드는 거야.

침대에 너무 오래 누워 있지 마. 멍하니 책상 앞에 앉아 있지 마. 잠도 자지 않고 게임만 하는 생활도 안 돼.

기분이 좋지 않아서 이틀 내내 누워 있던 적도 있어. 그런데도 기분이 나아지지 않더라. 지하 10층까지 기분이 가라앉아서 우울해졌어. 멍하니 책상 앞에 앉아 있으면 뭐 할 거야? 시간도 안 가고, 기분만 더 안 좋아지는걸.

고3 되기 직전이었던 것 같아. 모의고사 점수는 오르지 않고 문제는 풀어도 이해가 안 되니 기분이 별로였어. 잠깐 머리나 식힐까 싶어서 컴퓨터를 켰어. 고스톱 게임을 하는데 계속 고, 스톱, 하면서 다른 상황을 다 잊을 수 있었지. 잠깐만 해야지 하고 밤 10시부터 시작했는데 엄마가 일어나서 거실로 나오더라고. 새벽 5시까지 내가 쉬지 않고 고스톱을 치고 있던 거야. 밤을 새워서 구역질이 다 나더라고.

아무것도 하기 싫고 우울한 기분이 들면 평소 자는 만큼 자고 일어나. 바깥에 나가서 30분 이상 산책을 해. 음악을 들으면서 빠르게 걸어. 그리고 평소에 하던 일을 해. 친구를 만나서 수다를 떨거나 맛있는 음식을 먹든지, 좋아하는 아이돌의 영상을 봐. 우울한 상태에 있는 너를 내버려 두지 마. 잠깐의 감정이 지속적인 기분이 되는 건 순식간이라고.

우울증을 마음의 감기라고 해. 감기는 누구나 앓을 수 있는 병이고 잘 쉬면 나아져. 하지만 감기는 자칫하면 폐렴이나 다른 병으로 악화될 수 있어.

'구르는 돌에는 이끼가 끼지 않는다.'

속담이긴 한데, 내겐 만화 『오디션』(천계영 지음)의 황보래용이 해 준 말이야. 황보래용은 우울한 마음이 생기면 갑자기 바닥을 데굴데굴 구르며 이 말을 해. 『오디션』은 내가 십대 시절 가장 좋아했던 만화야. 지금이야 가수 오디션 프로그램이 흔하지만 당시는 오디션을 통해 가수를 뽑는 과정에 대해 잘 알지 못했어. 만화는 송명자와 박부옥이라는 멋진 언니 두 명이 (아버지의 유언을 따라) 국철과 장달봉, 류미끼, 황보래용 네 명의 천재 소년들을 오디션에 참가시키는 내용이야. 송곳처럼 날카로운 국철, 여자보다 더 예쁜 류미끼, 친절한 장달봉, 4차원의 황보래용. 독자들은 아이돌을 좋아하듯 국철파, 류미끼파, 장달봉파, 황보래용파로 나뉘었어. 지금에서야 고백하건대, 사실 나는 황보래용을 가장 좋아했어. 남자친구감 기준으로 팬덤을 이루었기에 황보래용은 가장 인기가 없었지만, 그의 이야기가 나올 때 오래도록 책장을 넘기지 못했어. 황보래용은 스스로가 우주에서 온 외계인이라며 맨인블랙이 자신을 잡으러 왔다고 믿고, 우주가 너무 크다며 슬퍼했어. 그는 우울증에 걸렸을 때 늘 나쁜 꿈을 꾸는데, 꿈에서는 전 우주를 통틀어 자신뿐이었어.

십대의 나는 『슬램덩크』의 강백호처럼 잘될 거라고 큰소리 뻥뻥 치면서도 앞날이 두려웠어. 과연 내가 원하는 모습으로 살 수 있을지 불안했어. 여러 친구에게 둘러싸여 있지만 외로웠어. 세상 모든 것이 내겐 물음표였어. 알고 싶었지만 알 수 없었고, 알 수 없기에 괴로웠어. 조증과 울증을 번갈아 가며 그 시절을 살아 갔어. 황보래용처럼 내가 외계인이라고 생각하지는 않았지만 차라리 외계인이면 좋겠다 싶었어.

마지막 경연을 앞두고 황보래용은 다시금 지독한 우울증에 빠져. 황보래용은 고백해. 자신이 외계인이 아니란 걸 알고 있다고. 외계인이라고 생각하면 덜 외로웠다고. 그러면 아무도 나를 이해하지 못해도, 모두가 나를 따돌려도 견딜 수 있었다고. 그렇게 황보래용은 나를 위로해 주었어. 나만 외롭고 불안한 게 아니라고 말이야.

모든 게 다 귀찮을 때 만화책, 소설책을 읽거나 영화를 보는 것도 추천해. 그 속에서 나와 동일시하는, 좋아하는 주인공을 만난다면 위로받을 수 있을 거야.

음악을 듣는 것도 좋아. 십대 때 내가 가장 좋아한 가수는 젝키가 아니라 '패닉'이었어. 귀에 이어폰을 꼽고 패닉 음악을 듣는 순간만큼은 우주여행을 하는 기분이 들었어. 세상에 나 홀로 떨어져 있어서 외로운 게 아니라, 세상에 오직 나만 존재해서 충만한 기분이랄까? 패닉의 음악을 다시 들을 때면 그때의 감정을 느낄 수 있어. 『오디션』과 패닉은 나를 과거로 시간 여행 하도록 도와주고 있어.

언젠가부터 나는 요즘 나온 음악을 잘 듣지 않아. 어떤 연구 결과에서도 사람들이 주로 듣는 건 십대나 이십대 때 들었던 과거의 음악이래. 그 시절 음악을 가장 많이 들었기에, 그게 가장 기억에 남고 좋아해서 그렇대. 아이돌 음악을 좀 들어 보려고 하면 가사가 들리지 않고, 가사 내용 앞뒤가 안 맞아서 좀 거슬려. 그런데 오늘 가끔 내게 메일을 보내주는 중학생 K에게 새 메일이 왔어. 나에게 릴보이의 〈내일이 오면〉이라는 노래를 꼭 들어 보래. 지금 듣고 있는데 가사가 참 좋네. 나에게 패닉이 있었다면 A에겐 훗날 〈내일이 오면〉이라는 노래가 있겠지. 십대들이 왜 〈쇼미더머니〉를 좋아하는지 알겠어. 그 프로그램에 나오는 래퍼의 노래 가사는 지금 십대들의 삶을 담았으니까.

가만히 있지 마. 계속 그렇게 있으면 이끼가 낀다고.

굴러.

빠르게 구르지 않아도 괜찮아. 이끼가 끼지 않을 정도로 굴러. 힘들면 잠시 멈춰 쉬어 가고, 기운이 나면 다시 구르자. 동글동글, 나는 사실 공이야.

심심해, 심심해, 심심해

"심심해요. 어른들은 그럴 시간 있으면 공부하라고 하는데, 공부는 하기 싫어요. 뭐 하고 놀아야 할지 모르겠어요."

중학생 때 나는 심심하다는 말을 입에 달고 살았어. 학교에 오자마자 "심심해" 쉬는 시간에도 "심심해" 점심시간에도 "심심해" 청소 시간에도 "심심해" 학교가 끝나고도 "심심해"라고 말했어. 수업 시간에도 짝꿍에게 교과서 위에 '심심해'라고 적어서 보여 줬지. 내가 하도 자주 그렇게 말하자 친구들은 급기야 화를 냈어. 제발 그 말 좀 그만하라고 말이야. 그런데 어떡해. 정말 나는 심심했거든. 심심한 건 하는 일이 없어 지루하고 재미가 없다는 거야. 심심한 건 의욕이 없는 거랑 달라. 뭔가 하고 싶은데 할 일이 없는 거지. 학생이 하는 일이 없지는 않아. 학교에 다니고 있으니까 시간이 많지도 않았어. 학교 끝나고 집으로 오면 4시였거든. 깨어 있는 시간 가운데 절반 이상을 학교에서 보내고 왔는데 심심하다니? 나는 공부 말고 다른 게 하고 싶었어. 에너지가 넘치는데, 그 에너지를 학교 공부에는 쓰고 싶지 않았어. 게다가 중학생은 고등학생만큼 공부를 많이 하는 시기도 아니니까.

그때는 책 대여점이 있어서 학교 끝나고 꼭 그곳에 들렀어. 만화책을 많이 빌려 봤지. 엄청 많이 보지는 않았어. 닥치는 대로 다 본 것은 아니고, 취향이 있어서 재미없다 싶으며 안 봤어. 『꽃보다 남자』 같은 일본 만화는 노! 천계영, 신일숙, 이미라, 원수연 작가의 만화를 좋아했지. 영화도 많이 봤어. 내가 사는 증평에는 영화관이 없어서 영화를 보려면 청주까지 나가야 했어. 중학생 때는 영화관이 아닌 비디오 대여점을 주로 이용했어. 지금처럼 OTT(Over The Top)서비스나 인터넷을 통한 게 아니라, 당시에는 비디오테이프라는 실물을 통해서야 영화를 볼 수 있었어. 주말이 되면 비디오 대여점에 가서 테이프 두세 개를 빌려 와서는 동갑내기 사촌 S와 함께 영화를 봤지. 우리는 영화 속 상황을 두고 심각하게 대화했어.

너라면 저 핵폭탄을 해체할 거니? 지구를 위해 희생할 수 있어? 비행기가 비상 착륙 하면 어쩔 거야?

현실에서 일어나지 않을 일이지만, 우린 진지했어. 마치 그 일을 언젠가 겪을 것처럼 말이야.

맞다! 단편영화도 만들었어. 영화를 하도 보니까 만들어 보면 재밌겠다 싶었어.

그때 만들었던 영화의 제목은 〈공부 잘하는 5가지+1가지 방법〉이야. 한 중학생 아이가 성적을 올리고 싶어 하지. 그래서 다양한 방법을 시도하는데, 다 실패해. 공부하다가 잠이 들었는데 꿈에서 성적이 오른 거야! 주인공은 결심하지. 내가 성적을 올릴 수 있는 방법은 잠에서뿐이구나. 그래서 마지막 방법으로 수면제를 먹으면서 끝나.

내가 시나리오를 쓰고, 감독을 하고, 주연은 S가 맡았지. 단둘이 만든 영화다 보니까 어딘가 부족했어. 촬영 장비는 8mm 캠코더가 전부였고, 촬영 장소도 집에 한정되어 있었지. 글은 혼자서도 충분히 쓸 수 있는데, 영화는 아니더라. 영화를 다시 촬영해야겠다고 결심했어. 학교 친구들에게 부탁했지. 등장인물도 주인공 한 명이 아니라 조연들도 있었어. 학교 교실을 촬영 장소로 추가하니까 더 낫더라고.

기말 고사가 끝나고 반 아이들을 대상으로 시사회(?)를 했어. 반응은…… 다들 '뭐지?' 하는 분위기였어. 한마디로 별로였던 거지. 나 혼자 속으로 '이게 얼마나 대단한 메시지를 담고 있는데 몰라보다니!' 하고 생각했어. 그때 영화를 보고, 만들었던 경험은 나중에 『텐텐 영화단』이라는 글을 쓰는 원동력이 되었어.

중학생 때 뒤늦게 예체능 학원을 다니기 시작했어. 친구들은 영어, 수학 학원을 다녔는데, 거길 가고 싶진 않았어. 영어, 수학이 심심함을 달래 주지는 않잖아. 그리고 나는 남들과 다르고 싶었어. 그때 나는 남들과 다르게 보일까 봐 전전긍긍하면서도 남들과 같은 게 싫었어. 너도 그렇니?

초등학생 때 다닌 학원은 피아노가 전부였거든. 엄마를 졸라 새로운 걸 배워야겠다고 생각했어. 내가 다닐 수 있는 학원을 알아봤어. 검도, 미술, 바이올린, 영어회화, 컴퓨터가 있었어. 그중에서 컴퓨터를 빼고 나머지 4개 학원을 등록했어. 영어회화는 한 달 다니다가 재미없어서 그만두었고, 바이올린은 3개월 정도 다니다가 말았어. 검도랑 미술은 1년 반 정도 배웠어. 나는 두 학원이 좋았어. 학교에 가면 어딘가 모르게 답답했는데, 두 학원은 내가 숨 쉴 수 있는 공간이었어. 입시를 목적으로 다녔던 게 아니니까, 선생님들도 편하게 나를 가르쳐 주셨던 것 같아. 소설 『잘 먹고 있나요?』에 나오는 미술학원은 중학생 때 내가 다녔던 곳이야.

그 시절 나는 많이 심심했구나. 심심함을 달래기 위해 이것저것 했구나. 아, 편지를 쓰면서 깨달았어. 이래서 내가 목표했던 고등학교에 못 갔나 봐. 공부보단 다른 일에 더 관심이 많았으니까. 그래도 후회하지 않아. 아니, 오히려 잘됐던 것 같아. 내가 심심할 수 있어서 다행이야.

지금 나는 연수라는 아이의 엄마야. 연수는 일곱 살이 되면서 어린이가 되었어. 더 이상 아기처럼 행동하지 않고, 아기 때 얼굴도 찾아보기 힘들어. "애기 연수는 어디 있지?"라고 물었더니 연수는 단호하게 "이제 없어"라고 하더라. 하지만 난 다 기억하는걸. 연수의 아기였던 시절을. 나는 연수의 가슴 위에 살포시 손을 올리며 말했어. "여기 그대로 있어. 사라진 게 아니야." 마찬가지로 청소년 혜정이는 사라진 게 아니라 내 안에 있어. 그때 내가 생각하고, 느끼고, 경험했던 것들을 바탕으로 살아가고 있어.

독자들이 그 질문을 많이 해. 청소년이 아니면서 어떻게 청소년 소설을 쓰느냐고. 나는 그 시기를 모르지 않잖아. 그때를 살았던 내가 아직 내 안에 남아 있으니까 가능해. 그렇기에 나는 십대의 네가 더 많이 심심했으면 좋겠어. 심심하면 이제까지 해 보지 않았던 놀이를 찾아보고, 이것저것 할 수 있잖아. 간혹 심심하다고 하면, "그럼 공부해"라고 말하는 어른들이 있어. 와, 이 말만큼 잔인한 말이 어딨어? 심심한 어른에게 "그럼 일을 더 하든지"라고 하면 당장 싸우려고 들걸?

심심함은 누가 시키는 것을 해서는 절대 해소할 수 없어. 시간이 남아돌아서 심심한 게 아니거든. 배가 고픈 것과 맛있는 게 먹고 싶은 건 달라. 배가 고프면 아무 음식이나 먹어도 해소되지만, 맛있는 게 먹고 싶을 땐 반드시 맛있는 걸 먹어야 괜찮아져. 심심한 건 시간을 때우고 싶다는 뜻이 아니야. 재밌는 무언가를 스스로 해 보고 싶다는 거지. 심심한 건 멍하니 있는 상태가 아니야. 멍하니 있기 싫어서 몸부림치고 있는 거야. 우리를 즐겁게 해 주는 세상에 수많은 만화와 영화, 소설 등은 심심함이 만들어 낸 결과물이야.

언젠가부터 선행학습의 늪에 빠진 어린이와 청소년들을 보면 미안해 죽겠어. 배우기 직전에 예습하는 수준이 아니라 1, 2년씩 미리 수학을 배우고 있다며? 심심할 틈이 없는 거지. 내가 자녀에게 선행을 안 시킬 거라고 하니까 남들이 나보고 철없다고 하더라고. 과연 내가 안 시킬 수 있을 것 같으냐며 말이야. 아직 아이가 학교에 들어가지 않아서 그런 말을 할 수 있는 거래. 나도 잘 모르겠다.

콘서트장에 가서 맨 앞 사람이 일어서면, 두 번째 줄 사람도 공연을 보기 위해 일어서야 해. 그러면 세 번째 줄 사람도, 네 번째 줄 사람도 줄줄이 일어나야 해. 나만 안 볼 수 없으니까 다 같이 힘들게 서서 관람하고 있는 꼴이야. 선행을 많이 했다고 학생들이 더 똑똑해졌을까? 물어보면 교육계에 있는 사람들도 제대로 답을 하지 못하더라고.

그림책 『괴물들이 사는 나라』(강무홍 옮김, 시공주니어, 2002)의 작가 모리스 샌닥은 이런 말을 했어.

"아이가 심심한 어린 시절을 지나 성장할 수 있다는 것이 내게는 언제나 기적 같다."

많이 심심해하자. 그래도 돼. 그래야만 해. 심심하기에 이제까지 하지 않았던 일을 벌이고, 새로운 것들을 해낼 수 있어.

심심해하는 너를 기대할게.

4장

자존감이 바닥을 친 나에게

슬럼프에 빠졌어

"슬럼프에 빠진 거 같아요. 공부해야 하는데 능률이 안 올라요. 책상 앞에 앉아 있는데 집중도 안 되고요. 슬럼프에 빠지지 않는 방법이 있을까요?"

'슬럼프'는 원래 운동에서 사용하는 말이야. '운동경기에서 자기 실력을 제대로 발휘하지 못하고 저조한 상태가 길게 계속되는 일'이란 뜻이래. 경기가 향상되지 못하고 제자리에 머물러 있는 현상이지. 일상에서도 슬럼프라는 말을 자주 해. 아마 인생이 운동경기와 비슷하기 때문이 아닐까? 비록 운동경기처럼 경쟁 상대가 있거나 등수를 매기는 건 아니지만, 목표를 세우고 그걸 이뤄야 하잖아.

그렇다면 우리 인생의 목표는 무얼까? 더 잘사는 거? 더 행복하게 사는 거? 너무 추상적이면서 뻔한 답인가. 그런데 그게 맞잖아. 우리는 어쩌다 보니 태어났고, 단순히 태어났기에 살아가는 게 아니라 이왕이면 더 잘살고 싶고, 더 행복하게 살고 싶어 해. 잘살다와 행복하다의 기준은 사람마다 다르지. 누군가는 돈을 많이 버는 것을 행복의 기준으로 삼을 수도 있고, 누군가는 다른 사람을 도와주면서 행복을 느낄 수도 있을 거야. 사람의 생김새가 다 다르듯, 행복의 척도도 달라. 너는 어떨 때 행복하니?

공부를 해야 하는데 슬럼프에 빠진 거야? 아니면 그림을 그려야 하는데? 아니면 글? 음악? 어떤 것이든지 그 일을 하는 '목적'이 있겠지. 심지어 성과를 내지 않아도 되는 취미에도 목적은 있어. 완성이 목표라든지, 지난번보다 나은 결과를 얻고 싶어 해. 내가 원하는 결과를 얻을 수도 있고, 그렇지 못하기도 해. 잘 안 될 때 툭툭 털고 일어나면 참 좋겠지만, 좌절감이나 우울감에 빠져.

왜 나는 이 모양일까? 왜 난 잘하지 못할까? 이걸 한다고 과연 나아지긴 할까?

좋지 않은 생각이 계속 이어지고, 이 생각들의 늪에 빠지면 헤어나기가 쉽지 않아. 생각이 행동을 지배해. 머릿속에서 계속 '나는 안 돼. 나는 안 돼'라고 생각하면, 의욕이 사라지면서 행동도 느려져. 머리가 못 하겠다고 하는데 어떻게 몸이 움직일 수 있겠어? 생각 따로, 몸 따로가 아니잖아. 생각대로 몸이 움직이는 거니까.

일이 잘 안 풀려서 몸도 마음도 축 늘어져 있는 상태, 이게 바로 '슬럼프'야. 슬럼프에 빠지면 기운이 없고, 마음도 우울하고, 기분도 좋지 않아. 그렇다면 슬럼프에 빠지지 않을 방법이 있지 않을까?

한때 나는 고민 없고 문제없는 사람들이 부러웠어. 왜 이렇게 고민이 많은지 문젯거리가 계속 생겨. 문제 상황

하나가 사라지면 또 다른 문제가 튀어나오더라고. 일곱 살 연수가 3년 전 한창 말을 배우기 시작할 때였어. 〈뽀롱뽀롱 뽀로로〉를 좋아하던 시기라 그 만화를 자주 봤어. 거기 나오는 '에디'라는 캐릭터 알아? 똑똑박사 여우 있잖아.

에디가 "나는 문제없어요~"라는 노래를 불러. 설거지를 하고 있는데 연수가 오더니 묻는 거야.

"엄마, 문제가 뭐야?"

나는 문제는 골치 아픈 거라며, 어려운 거라고 설명했어. 그랬더니 다시 연수가 묻더라.

"엄마, 그럼 '문제가 있다'의 반대말은 뭐야?"

반대말에도 관심을 보이던 때였거든. 내가 뭐라고 대답했을 것 같아? 문제가 없다? 아니야.

"그건 당연히 '문제가 해결됐다'지."

정신없이 설거지를 하다가 대답했는데, 나도 모르게 아아! 하고 감탄했어. 살다 보면 '유레카!' 하고 외치는 순간이 있는데, 이때가 바로 그 순간이었지. 연수는 다시 〈뽀롱뽀롱 뽀로로〉를 보기 위해 텔레비전 앞으로 갔지만 나는 내가 한 답에 혼자 감동받았어. 내가 인생을 헛살지 않았구나, 나이를 그냥 먹은 게 아니구나, 하고 말이야.

'문제가 있다'의 반대말은 '문제가 없다'가 아니야. '문제가 해결됐다'지. 문제없는 사람은 없어. 문제없이 평화로운 시절도 있을 거야. 그건 문제가 없는 게 아니라 해결된 상황일 뿐이야. 나는 내 답변이 너무나 마음에 들어서 『공룡 친구 꼬미』라는 동화에서 이 대목을 썼어. 6600만 년을 넘게 산 공룡이 꼬마 주인공에게 이 말을 그대로 해 줘.

그렇다면 '슬럼프가 있다'의 반대말이 뭘까? 자, '슬럼프'를 '문제'로 대신 바꾸면 답이 나올 거야.

바로 '슬럼프가 지나갔다'야.

삶은 '슬럼프가 있다'와 '슬럼프가 지나갔다'의 반복으로 이루어져. 슬럼프가 없는 게 아니라, 슬럼프가 지나갔을 뿐이야. 슬럼프는 있다가 지나갔다, 다시 있다, 지나갔다 해. 슬럼프가 운동경기에서 나온 말이라고 했잖아. 항상 경기 결과가 마음에 들 수 없는 것처럼, 삶이 매번 내 마음에 쏙 들지 않아. 마음에 들지 않을 때도 많다고. 매번 잘할 수는 없는 거니까. 슬럼프가 오게 된다면, '이게 왜 왔지?' 하고 힘들어하지만 말고 받아들여. '이 녀석 또 왔네, 잠깐 쉬어 가는 타이밍이구나' 하는 거지.

가끔 사람이란 무얼까, 하는 생각을 해. 다른 대상과 비교하면 본질을 알 수 있어. 지난번엔 동물이랑 비교했잖아. 이번엔 기계와 비교해 볼게. 사람이 기계였다면 슬럼프를 겪지 않을 거야. 동일한 입력값을 넣으면 동일한 결과를 얻을 테니까. 하지만 우리는 사람이잖아. 입력값이 매번 동일할 수 없고, 동일하더라도 환경이나 상황에 따라 다른 결과가 나오겠지. 사람은 기계가 아니기에 슬럼프를 겪는 거야. 이렇게 생각하면 슬럼프가 좀 이해되지 않아?

슬럼프를 겪을 수밖에 없다면, 잘 겪는 게 중요해. 슬럼프의 깊이를 낮게 하거나 지속 기간을 최대한 줄여야 해. 이건 타고난 능력으로 가능한 게 아니라, 연습을 통해 터득할 수 있어.

슬럼프에 빠지면 일의 능률이 오르지 않아. 그럴 때는 잠시 하던 일을 멈추고 휴식을 취하렴. 계속 책상 앞에 앉아 있어 봐야 우울에 빠져 허우적거린다고. 지금 너는 잘하고 싶은데 잘할 수 없으니까 속상한 거야. 막연히 하기 싫은 게 아니라, 하고 싶은데 그게 잘 안 되니까 답답한 거야. 슬럼프에 빠졌다고? 해결 방법을 알려 줄게.

잠시 그 일을 멈춰!

글을 쓰다 보면 어떤 날은 이야기가 잘 안 풀릴 때가 있어. 쓰는 도중에 내가 왜 이 이야기를 왜 하려고 했지? 재미없는데, 쓰기 싫은데…… 하는 날이 종종 있어. 그 상황이 지속되면 글쓰기 자체가 재미없어져. 그러면 며칠은 글을 쓰지 않고 쉬어. 잘 써지지 않는 상태에서 억지로 글을 쓰면 그 이야기는 정말 재미가 없더라고.

공부 며칠 안 한다고 큰일 나지 않아. 너는 좀 쉴 필요가 있어. 심지어 기계도 계속 못 돌아가. 쉬지 않고 돌아가면 과부하에 걸려 고장 나. 사람도 마찬가지야. 일을 잘 한다는 건 잘 쉴 줄 안다는 말이기도 해. 마음이 건강한 사람은 슬럼프를 자주 겪지 않은 이가 아니라, 슬럼프가 왔을 때 잘 이겨 내는 이야. 오히려 자잘한 슬럼프를 지혜롭게 이겨 내면 더 단단해질 수 있어.

슬럼프가 오면, 그건 잠시 쉬라는 신호일 거야. 맛있는 음식을 먹거나, 좋아하는 음악을 듣거나, 영화를 한 편 보면서 최대한 공부나 일에 대한 생각은 하지 마. 지금 너에게 필요한 건 휴식이야.

충분히 쉰 다음에 다시 멈췄던 일을 해 보자. 어때? 쉬기 전보다 낫지 않아?

처음에 했던 질문을 다시 할게. 살아가는 이유가 뭐야? 그 일을 하는 이유가 뭐야? 정말 중요한 게 뭔지 잊지 마.

나는 네가 더 행복해지면 좋겠어. 네가 더 편안해지면 좋겠어.

게으른 내가 싫어

"요즘 계속 기상 시간이 늦어져요. 늦게 자니까 늦게 일어나요. 그렇다고 밤에 공부를 하는 것도 아니에요. 너무 게을러진 것 같아서 걱정이에요."

나는 아직도 헷갈려. 나는 게으른 사람일까 아닐까.

우선 나는 아침에 일찍 일어나지 못해. 학교를 다닐 때 자주 아슬아슬하게 지각하곤 했어. 8시 30분이 등교 시간이라면 8시 35분에 등교를 했지. 밥을 다 먹고도 한참 앉아 있어야 해. 식사를 마친 후 일어서려는 상대를 붙잡지. "아직. 잠깐만." 지인들은 맞다, 그렇지, 하면서 다시 앉아. 집에 있으면 소파에 몇 시간이라도 누워 있을 수 있어. 하루 종일 누워서 미드를 보기도 해. 나는 어디서나 가장 늦게 일어나. 친척 모임에서도, 수학여행에서도, 친구들과 함께한 여행지에서도. 일어나도 할 일이 없으면 오후 2시고, 3시까지고 죽 잘 수 있어. 집 안 정리는 미루고 미루다가 공간 구분이 안 될 때 해.

어릴 때부터 행동이 굼떴어. 아직도 기억난다. 아빠는 동화책을 많이 읽어 주었는데, 대부분 일관된 톤이었어. 하지만 『소가 된 게으름뱅이』를 읽어 줄 땐 흥분하며, "이러면! 안 된다고! 그렇게! 늦게! 일어나면! 안 된다고! 이 게으름뱅이처럼! 살면! 안 된다고!" 했지. 아빠도 늦게 일어나는 사람이었기에, 딸과 스스로에 대한 경고로 그랬던 게 아닐까 싶어. 어쨌든 나는 그 게으름뱅이와 내가 무척 닮았다고, 그렇기에 절대 누가 주더라도 소의 탈은 쓰지 말자고, 소가 된다면 반드시 무를 찾아 먹겠다고 다짐하고 또 다짐했지. 내가 동화 속 주인공과 동일시했던 건 『소가 된 게으름뱅이』의 게으름뱅이와 『아기돼지 삼형제』의 둘째 돼지, 이렇게 딱 두 인물이야.

늦게 일어나는 대신 준비는 누구보다 빨리 해. 침대에서 일어나 문을 나서는 시간까지 10분이면 충분해. 양치, 세수를 한 후 옷만 입고 바로 튀어 나가니까. 숙제는 항상 미리미리 해 놓지. 집에 오자마자 숙제 먼저 하고 놀아. 초등학교 저학년 때 개학 직전에 방학 숙제를 하다가 불편함을 느끼고, 고학년이 되면서부터는 방학 시작하자마자 2, 3일 내에 대강 숙제를 다 해 버렸어. 이건 지금도 습관이 되어서 마감이란 걸 늦어 본 적이 없어. 의뢰받자마자 일을 해야 해. 식구들은 입을 모아 나에게 게으르다고 하지. 나와 일해 본 이들은 나에게 부지런하다고 말하고.

그렇다면 나는 게으른 사람일까? 부지런한 사람일까?

모르겠다, 나도. 한 가지 확실한 건, 일을 미루지 않는 건 불안하기 싫어서야. 직전에 일을 끝내면 조마조마하고 초조해지면서 극도로 스트레스를 받거든. 그 기억이 나를 몹시 불편하고 힘들게 했어. 나는 '생굴'을 먹지 않아. 생굴을 먹고 노로 바이러스에 세 번 걸린 다음부터는 먹지 않게 되었어. 굴이 제철이라고, 굴이 건강에 좋다고 해도 손이 안 가더라고. 일을 마감 훨씬 전에 끝내는 건 나에게 생굴 같은 거야.

늦게 일어나고, 느릿느릿 움직이는 것은 타고난 것이기도 하지만, 어쩌면 그것 때문에 크게 불편한 적이 없었기 때문에 굳이 고치지 않은 게 아닐까? 생굴처럼 나를 힘들게 한다면 나는 느릿느릿한 행동을 고쳤을 거야.

스스로 게으르다고 여기는 사람이 많아. 나도 그런 사람 중 한 명이지. 하지만 이건 충분히 바꿀 수 있어.

코로나 시대에 만난 청소년들은 등교를 하지 않으니 기상 시간이 매일 늦어지고 생활이 계속 늘어진다고 많이 고민하더라. 방학 때도 비슷한 일이 생겨. 이건 어쩔 수 없어. 학교 다닐 때는 등교 시간이 정해져 있으니까 그걸 맞춰야 할 수밖에 없어. 늦게 일어나 봐야 등교 시간 직전이지. 하지만 학교에 가지 않을 때는 등교 시간이 따로 없어. 굳이 일찍 일어나지 않아도 돼. 오후 1시에 일어나는 것도 충분히 가능해.

기상 시간이 늦어지는 게 불편하다면, 강제로 시간을 정해서 움직여야 해. 기상 알람을 9시로 맞춰서 그 시간에 일어나도록 연습해. 처음엔 몸이 피곤하겠지만 마음은 피곤하지 않을 거야. 계속 하다 보면 자는 시간도 앞당겨지고 몸도 더 이상 피곤해지지 않아.

공부하는 것도 시간을 정해. 인터넷을 하거나, 드라마를 보거나, 게임을 하는 등의 노는 일은 누가 시키지 않아도 할 수 있고 한없이 할 수 있어. 하지만 공부나 일을 하는 건 그게 웬만해서는 안 돼. 해야지, 해야지, 하다가 결국 하지 않잖아. 이것도 알람시계를 이용하면 좋아.

구체적인 시간을 정하는 거야. 예를 들어 하루에 공부할 시간이 3시간이라고 하면, 공부를 시작할 때 타임워치를 켜 두고, 쉬거나 딴짓을 할 때는 타임워치를 잠시 꺼 둬. 그렇게 3시간을 맞추는 거야. 나도 글을 써야 하는데, 하도 스마트폰을 보다 보니까 집중이 안 되는 거야. 어디 연락 온 거 없나? 하고 스마트폰 한 번 열어 보고, 뉴스 뭐 없나? 하며 또 한 번 열어 보고 그러다 보면 수시로 보게 되더라고. 그래서 타임워치 기능을 사용해서 1시간을 맞춘 후, 그 시간만큼은 스마트폰도 보지 않고 딴짓 안 하고 글을 써. 1시간이 모두 지나 알람이 울리면 그때 5분에서 10분 정도 쉬고, 다시 1시간을 더 해. 도중에 딴짓할 때는 잠시 타임워치를 멈춰 둬. 그렇게 하루 2시간만큼은 온전히 글을 써.

스마트폰을 너무 많이 봐서 고민이 된다면 대책을 세워. 무조건 스마트폰을 켜지 말고 옆에 노트를 둔 다음 그곳에 스마트폰 쓰는 목적을 적는 거야.

1. 검색
2. 메일
3. 메신저

수시로 켜지 말고, 한 번에 켤 때 노트에 적은 걸 주욱 하는 거야. 그러면 굳이 딴짓할 일이 줄지 않을까?

그래도 안 된다면 스마트폰 쓰는 시간을 정해. 예를 들어 하루 1시간 혹은 2시간으로 정한 다음 타임워치를 작동시켜. 만약 일주일에 그 시간을 어기는 일이 두 번 이상 된다, 그럴 경우에는 스스로에 대한 제재를 가할 필요가 있어. 요즘도 피처폰은 있으니까 스스로를 통제할 수 없다면 피처폰으로 바꾸겠다는 결연한 의지가 필요해. 그렇지 않고서는 스마트폰 중독을 쉽게 끊을 수가 없어. 실제로 작업을 위해 과감히 스마트폰을 없앤 작가도 있더라고.

불편함을 느끼면 바꾸면 돼. 충분히 할 수 있어.

자신의 시간을 관리하는 연습을 해 나가야 해. 아주 어렸을 때는 부모님이 깨워 주고 시키는 대로 하면 됐지만 이제 점점 그렇지 않잖아. 어른이 되면 독립해서 혼자 살 수도 있는데, 언제까지 부모님이 깨워 줄 수 있겠어? 회사에 다니지 않고 프리랜서로 일할 수도 있어. 근무 시간이 따로 없는 경우에는 온전히 내 시간을 내가 정해서 지내야 해. 그러니까 지금부터 조금씩 해 나가 보자.

천성, 그러니까 본래 타고난 성격이나 성품이라는 건 어느 정도 있을지도 몰라. 하지만 사람이라면 천성보다 만들어진 성격과 태도가 더 크다고 생각해. 나는 "원래 그렇다"는 말을 좋아하지 않아. '원래'라는 건 몇 가지 안 돼. 국적이나 인종, 성별 정도가 아닐까? 이마저도 어떤 건 바꾸려면 바꿀 수 있잖아. 원래 부지런한 사람, 원래 착한 사람, 원래 나쁜 사람 같은 건 없어. 성격과 태도는 만들어지는 거라고.

언젠가부터 '절대' '무조건'이라는 말을 잘 쓰지 않게 되더라. 어른의 인생에는 '절대'와 '무조건'이 없어. 예전에는 절대로 안 할 거야, 무조건 해야지, 라는 말을 자주 했어. 내 친구들도 그랬어. 절대 결혼 안 할 거야, 절대로 걔랑은 안 놀아, 무조건 A 아이돌이 좋아, 무조건 유학을 갈 거야, 라는 말을 하거나 들었어. 살다 보면 주변 환경과 상황이 '절대'와 '무조건'을 어렵게 만들어.

난 절대로 달리기는 하지 않을 거라고 했어. 중고등학교 때 체육 시간에 오래달리기를 해야 했는데 난 뛰지 않았어. 뛰면 머리로 피가 쏠리며 머리가 아팠거든. 산소가 부족해져서 쓰러질 것 같은 공포감이 들었어. 친구들이 운동장 다섯 바퀴를 돌 때쯤, 나는 아무리 빨리 걸어도 세 바퀴를 채 돌지 못했어. 체육 선생님은 한숨을 쉬며 나에게 그만 들어오라고 했어. 달리기를 하면 내 몸에 큰일이 생기는 줄 알았어. 그런데 지난해부터 달리기를 시작했어. 달리기가 재밌다는 말에 혹해서 한번 뛰어 볼까 했는데 가능하더라고. 물론 오래는 못 달리지만 한 번에 4, 5킬로미터 정도는 달려. 내가 달리기를 할 줄이야! 전혀 상상도 못 했지 뭐야. 그런데 그런 일이 생기더라. 또 모르지. 언젠가 내가 마라톤이라도 하게 될지. 인생에 절대는 없어.

그래도 십대 때는 '절대'와 '무조건'이 필요해. 나만의 기준점을 만들어야 하는 시기니까. 그럴 수도 있고, 저럴 수도 있지, 라는 태도로는 자신의 기준을 만들기 힘들어. 로봇청소기가 처음 청소 지도를 만드는 것과 비슷해. 가도 되는 길과 안 되는 길을 만들어. 모호한 태도로는 정하기가 힘들어. 지금은 얼마든지 절대, 무조건을 써도 돼. 만약 절대와 무조건이란 말 대신에 '되도록'을 더 많이 쓰게 된다면, 그때는 네가 어른이 된 거야.

되도록 시간을 정해서 생활해 보자. 스스로를 위해서 해 보자.

살 빼고 싶은데 몸무게가 안 줄어!

"친구들이 자신의 외모를 가꾸면서 옷을 입고, 화장을 할 때 자신감이 넘쳐 보이는데 저는 외모에 대한 자신감이 없어서인지 위축돼요. 살을 빼고 싶은데 자꾸 다이어트에 실패해요. 제 외모가 행동에도 연결이 되니 걱정이에요."

다이어트를 하겠다고 하면, "어휴, 다이어트는 무슨. 하지 마. 너 예뻐"라거나 "겉으로 보이는 외모보다 내면이 중요하지" 하고 말하는 사람들이 있어. 방법을 물어보는 건데 무작정 하지 말라니? 공부하고 싶다고 하는 사람한테는 "공부는 무슨. 하지 마. 너 똑똑해" "머리에 든 것보다 마음이 중요하지"라고 안 할 거잖아.

나는 여러 다이어트를 해 봤고 성공도 해 봤어. 그러니 그 꿀팁을 알려 줄게.

중학교 2학년 때 처음으로 다이어트를 했어. 초등학생 때까지만 하더라도 성장 발육이 빠르기는 했지만 몸무게가 많이 나가진 않았어. 중학생이 되면서 1년에 키는 1센티미터씩 크는데, 몸무게는 5킬로그램씩 늘더라고. 살이 갑자기 찐 건 아니고 꾸준히 쪘지. 중1부터 고3까지 약속이나 한 듯 5킬로그램씩 늘었어. 몸무게 끝자리가 수열도 아니면서 5, 0, 5, 0, 5, 0이야. (『닌자걸스』의 고은비 캐릭터는 나를 많이 닮았어. 은비는 매년 7킬로그램씩 늘어난 인물이야.) 난 정상체중 → 과체중 → 비만으로 변했어.

중고등학생 때 한창 외모에 관심이 많잖아. 서로 몸무게를 밝히지는 않지만 얼마나 늘었느니 줄었느니, 살을 빼야 하는데 어떻게 빼야 하나 이야기를 많이 했어. 누구 한 명이 다이어트한다고 하면 "나도" "나도" 하면서 같이 하자고 했지. 십대 때는 에너지가 엄청 많이 필요해. 몸도 마음도 자라는 시기니까. 당연히 많이 먹을 수밖에 없고 살은 찔 수밖에 없어. 학교-집-학원, 이런 이동에서 움직임은 많지 않으니 살을 빼는 건 정말, 정말 어려운 일이야.

"우리, 저녁을 먹지 말자."

몇몇 친구들과 약속을 했지. 그런데 며칠 하다가 포기했어. 간혹 단식 다이어트에 성공해 놀랄 만큼 몸무게를 줄인 친구도 있었어.

"줄넘기가 좋대. 하루 만 번씩 하면 살 빠진대."

만 번? 좀 많긴 하지만 100번씩 100번 하면 되는 거니까, 뭐. 하지만 1000번도 하기 힘들더라.

변비약을 먹으면 숙변이 제거되어서 몸무게가 줄어든다고 해서 다 같이 약국으로 가서 변비약을 사 먹었지. 큰 변화는 없더라.

그 외에도 고기만 먹으면 된다고 해서, 채소만 먹으면 된다고 해서, 탄수화물만 안 먹으면 된다고 해서, 식사를 통한 원 푸드 다이어트도 해 봤어. 2, 3킬로그램씩 몸무게가 줄긴 하더라. 다시 원래대로 식사를 하면 몸무게가 돌아와서 문제였지. 더 찌는 경우도 있었어.

대학 입학을 앞두고 이대로는 안 되겠다 싶어서 독한 마음을 먹고 무조건 굶었어. 한 2주 굶었더니 몸무게가 10킬로그램이나 빠졌어! 오, 예! 하지만 서서히 쪄서 한 달도 지나지 않아 다시 원래 몸무게로 돌아왔지. 눈물 한 번 닦고 올게. 다이어트를 하면서 깨달은 건 다이어트의 짝이 '요요'라는 거야.

아니, 그래서 다이어트에는 성공하지 못했다는 건가?

좀 더 들어 봐.

지난 편지에서 남친과 헤어져서 화병 때문에 몸무게가 일주일 만에 7킬로그램 줄었다고 했던 거 기억나? 그게 2006년, 내가 스물네 살 때였어. 살 빠진 모습이 마음에 들었어. 다시 요요가 올 것 같은 느낌이었고(이런 느낌은 항상 들어맞지), 이걸 유지해야겠다! 싶어서 계획을 세웠어. 운동과 음식 조절, 이 두 가지를 동시에 하자. 이번에는 단기간에 끝내려고 하지 말자.

클라우디아 시퍼라는 모델의 '다이어트 비디오'를 하루에 1시간씩 매일 보며 따라 했어. 2년을 넘게 했지. 도중에 지겨워져서 신디 크로포드로 바꿔서 했어. 음식 조절로는 한 가지 원칙을 세웠어. 단 음료 마시지 않기. 탄산음료나 단 커피를 마시지 않았어. 되도록 물만 마시려고 했어. 2014년 임신하기 전까지 8년간 '정상체중'으로 살았어.

나는 나름 성공적인 다이어터였다고 생각해. 다이어트에 실패했을 때와 성공했을 때 차이는 목표 기간의 유무였어. 다이어트는 생활 습관이야. 일주일, 한 달 안에 끝내자, 라고 하면 굶거나 다른 방법을 통해 원하는 몸무게에 도달할 수 있을 거야. 하지만 열에 아홉은 유지를 못해. 다이어트의 핵심은 '유지'이지. 네가 원하는 게 줄어든 체중계 숫자 한 번 보기야? 아니면 오래도록 그걸 보는 거야? 오래도록 보고 싶다면 단기간에 끝내자, 라는 마음으로는 곤란해.

일시적인 방법은 효과가 없어. 살을 빼고 싶다면 꾸준히 해야 해. 원하는 것을 이루기 위해서는, 갖기 위해서는 그만큼 노력을 해야 한다고. 변화를 바라면서 기존 생활을 유지하면 아무 효과가 없어.

생활 습관으로 이어져야 해. 원칙을 세우고 6개월, 1년 이상 꾸준히 해. 실외 운동이 불가능하면, 홈트가 있잖아? 매일 홈트 1시간씩 보며 따라 하고, 안 먹는 음식을 정해. 이렇게 1년 하면 다이어트 업체 광고처럼 몇십 킬로그램 감량은 어렵지만 최소한 지금 몸무게의 10퍼센트는 감량할 수 있을걸? 인간의 몸은 참 정직해. 먹는 만큼 찌고, 안 먹는 만큼 살이 빠져. 스트레스를 받으면 몸 어딘가가 분명히 아파. 그런 이야기를 들었어. 단기간에 살을 빼면, 언젠간 몸이 그걸 기억해서 후에 몸이 아플 수도 있다고. 그만큼 몸을 혹사한 거잖아.

다이어트가 하고 싶다면 당장 몸무게 1, 2킬로그램 안 빠진다고 좌절하지 말고 멀리 보고 시작해. 무리하지 말고 할 수 있는 선에서 계획을 세워.

아니, 무슨 다이어트를 1년 넘게 하라는 소리야? 그건 너무 길고 힘들잖아! 라고 생각할 수 있을 거야. 그런데 다이어트는 쉽지 않은 게 맞아. 단기간에 끝내려고 하면 요요를 맞이하게 된다고.

이건 다이어트뿐만 아니라 다른 일에도 해당돼. 중고등학생 때 배우는 한문 과목이 있잖아. 나는 한문 점수가 늘 좋았어. 외우는 건 잘하니까. 많이 틀려야 한두 개였어. 대학원 입학시험을 볼 때 한문 시험이 있는데 역시 나는 높은 점수로 통과했어. 그런데 지금 읽을 줄 아는 한자가 별로 없어. 그 높았던 한문 점수는 다 뭐였냐고? 벼락치기로 가능했던 거야. 시험을 앞두고 잠깐 달달 외워. 그 상태로 시험을 보면 당연히 점수가 잘 나오지. 하지만 시험이 끝나는 순간 싹 잊어 버렸어. 한문 시험 치듯 다이어트를 해서는 안 돼.

다이어트를 하려는 너에게 한 가지 꼭 당부하고 싶은 게 있어. 자신의 몸을 미워하면서 하지는 않았으면 좋겠어. 살을 왜 빼고 싶은지 스스로에게 물어봐. 다른 사람이 아닌, 나를 위해 하는 거잖아. 나를 위해 하는 건데 나를 미워하면서 하는 건 옳지 않아.

강연이 끝나고 한 중학생이 찾아온 적이 있어. 강연 도중에 다이어트에 관한 질문을 한 학생이었어. 제법 마른 아이였는데, 왜 다이어트에 대해 묻지? 하면서 조금 의아했지만 평소 생각대로 이 편지에서 한 말을 그때도 했던 것 같아.

아이는 거식증에 걸려서 정신과 상담을 받고 있는 상태라며 오늘 내 이야기가 좋았다고 말했어. 나는 그 아이가 어떤 시간을 보냈는지 알 수 있었어. 나 역시 다이어트에 실패해서, 살이 콤플렉스여서, 오래도록 스스로를 미워했고 힘들어했으니까. 표준체중이거나 저체중이라고 다이어트를 안 하는 건 아니야. 몸무게는 상대적인 거니까. 나도 모르게 그 아이의 손을 잡고 고개를 저었어. 마음으로 '다신 안 돼'라고 말했고, 아이는 그 말을 알아들었는지 살며시 미소를 지으며 고개를 끄덕였어. 둘이 서로 통한 순간이었지.

우리 자신을 위한 다이어트를 하자. 남들이 나를 뚱뚱하다고 생각하면 어쩌나, 그런 걱정 때문에는 하지 말자. 다른 사람들은 내 몸무게가 몇 킬로그램인지 궁금해하지 않고, 관심도 별로 없어. 건강한 다이어트를 하길 바라. 진짜 중요한 건 내 건강, 내 삶이니까.

나를 만난 학생들이 "어? 사진이랑 다르시네요?"라는 말을 자주 해. 인터넷 포털에 올라온 사진은 10년도 더 된, 한창 다이어트할 때의 것이거든. 바꾸려면 내가 따로 신청을 해야 하는데 귀찮아서 그냥 두고 있어. 아이를 낳고 나서 조금씩 살이 쪄서, 표준체중 기준으로 비만이 되었어. 얼마 전에 친한 언니가 너무 편한 잠옷이 있다며 선물을 줬어. 사이즈가 작을까 봐 걱정하니 XL라서 충분히 맞을 거라고 했어. 집에 와서 입어 봤는데, 아니나 다를까 작더라고. 순간 속상했지만 잘못은 내게 있는 게 아니잖아. 잘못은 잠옷 회사에 있어! 여성 XL를 그렇게 작게(?) 만들면 어쩌자는 거야? 결국 잠옷은 남편이 입게 됐어. 여성 XL가 맞지 않지만, 아이가 엄마는 살쪘다고 말하지만, 살을 빼고 싶다는 생각이 별로 안 들어. 나는 내 모습이 마음에 들거든. 대신 아이에게 말하지. "엄마는 많이 뚱뚱하진 않아. 조금 뚱뚱할 뿐이야"라고. 다만 몸이 무거워졌다는 느낌이 들면 조금씩 운동을 해. 내 다이어트의 목표는 '지금보다 더 뚱뚱해지지 않기'야. 이제 더 이상 다이어트 때문에 스트레스를 받지 않아.

참, 내가 좋아하는 개그맨 김숙 언니가 그러더라. 먹을 수 있을 때 많이 먹으라고. 나이가 들면 소화력이 떨어져서 마음껏 먹을 수 없대. 그런데 그 말이 정말 맞더라고. 한때 나는 뷔페의 여왕이었지만, 이제는 예전만큼 많이 먹을 수 없어.

다이어트는 다이어트고, 잘 먹을 수 있을 때 잘 먹으렴.

아, 그 시절의 소화력이여. 그건 좀 많이 부럽다네.

다른 사람이랑
자꾸 비교하게 돼

"못생겼다고 동생이랑 비교당하고 차별도 받아요. 자꾸 주변에서 뭐라고 하니까 스트레스받아요. 그래서 살 빼려고 하니 키 안 큰다고 다이어트는 또 하지 말래요. 대체 저는 어떻게 해야 할까요?"

'감옥에 산다'는 표현 들어 봤어? 진짜로 죄를 짓고 가는 감옥에 사는 게 아니라 마음이 갇혀서 답답하다는 거지. 여기 '비교 감옥'이 있어. 자신을 끊임없이 다른 사람과 비교해서 힘든 상태에 놓인 걸 뜻해. 비교 감옥에 나를 가두는 건 두 사람이야.

첫 번째는 타인.

동생은 잘하는데 너는 왜 그러니?
왜 친구처럼 못 해?
내가 너한테 못 해 준 게 뭐가 있어?

다른 사람과 나를 비교하며 지적하는 사람들 때문에 피곤한 일이 자주 생겨. 나도 중고등학생 때 가족과 친척들의 말 한마디, 한마디 때문에 스트레스를 많이 받았어. 먹어도 너무 먹지 않느냐, 잠을 너무 늦게 자는 게 아니냐, 왜 부모님께 투정 부리느냐 등등. 어른이 되면 지겨운 잔소리를 듣지 않겠구나, 싶었는데 아니었어. 어른이 되어도 똑같단다. 우리나라 사람들은 타인에 대한 관심이 많아서 그런지 남 일에 이래라저래라 간섭을 많이 해. 아마 네가 앞으로 어른이 되어도 주변 사람들은 너에게 끊임없이 관심을 가질 거야. 그러면 어떻게 해야 할까?

동굴 속에 들어가서 혼자 살 수는 없잖아. 원하든 원치 않든 다른 사람들과 함께 어울려 살 수밖에 없어. 나는 '한 귀로 듣고 한 귀로 흘리는 법'을 추천해. 모든 사람의 말이 다 너에게 도움이 되지는 않아. 도움이 되는 이야기도 있고, 아닌 이야기도 있어. 그렇다고 '도움이 되는 사람들만 나에게 이야기하세요'라고 할 수도 없어. 하지만 너는 '귀에 담을 말'과 '담지 않을 말'을 취사선택할 수 있어.

조언과 충고의 차이를 아니? 말하는 입장에서 조언은 상대가 내 말대로 하지 않아도 기분 나쁘지 않고, 충고는 내 말대로 하지 않으면 기분이 나쁜 거래. 듣는 사람 입장으로 바꿔 보자. 너는 충고를 들을 필요는 없어. 조언을 골라 들으렴.

살을 빼야 한다거나 공부를 더 해야 한다는 건 부모님의 생각일 뿐이야. 네가 그 말에 동의한다면 살을 빼고 성적을 올릴 방법을 생각하면 좋을 거야. 하지만 나는 살 뺄 마음이 없는걸? 공부할 필요 없는걸? 이라고 생각하면 살을 뺄 필요도, 공부를 할 필요도 없다고 생각해. 내 인생은 내가 살아가는 거고, 그 기준을 만들어 나가야 하는 것도 나 자신이니까.

기억해 둬. 앞으로 살다 보면 이래라저래라 하는 사람

들을 많이 만날 거야. 그 사람들 입을 일일이 다 막을 수는 없어. 하지만 내 귀는 그걸 골라 들을 수 있어.

두 번째 비교 감옥에 나를 가두는 건 바로 '나 자신'이야. 스스로 가뒀을 때 더 빠져나오기 힘들어. 다른 사람 말은 한 귀로 듣고 한 귀로 흘리면 되는데, 내 말은 내내 머릿속에 있잖아.

나보다 예쁜 아이, 나보다 공부를 잘하는 아이, 나보다 더 부자인 아이를 보면 부러움을 느껴. 와, 재는 좋겠다. 왜 나는 아니지?

물론 비교를 통해 자극을 받아 더 열심히 하는 장점이 있기도 해. 하지만 나는 비교의 부작용이 더 컸어. 비교하다 보면 내가 되게 별 볼 일 없이 느껴지거든.

지금도 비교를 하다가 힘든 일이 종종 생겨. 왜 글을 쓰느냐는 질문을 많이 받아. 나는 재밌어서 써. 쓰는 게 재밌으면 책이 나오고 그다음 상황은 신경 안 쓰면 되잖아. 그런데 그건 또 그렇지 않더라. 책이 출간된 후에 반응이 별로고, 판매량도 저조하면 기분이 좋지 않아. 재밌어서 쓴다는 건 거짓말이었던 걸까? 쓰는 과정이 재밌기에 쓰는 게 가장 큰 이유인 건 맞지만 나보다 더 책이 많이 팔리고, 유명한 작가들을 보면 부러워. 막 등단하고 나서 다른 사람과 비교하다가 큰 슬럼프를 겪었어. 그 후에 다른 작가와 비교하지 않으려고 부단히 노력해서 그나마 많이 나아졌어.

그런데 얼마 전에 모 작가의 책을 읽었는데 너무 재밌는 거야. 더 읽고 싶을 만큼 재밌는 정도가 아니라, 어쩌면 이렇게 잘 썼지? 하는 부러움에 자괴감이 들 정도였어. 나와 비슷한 시기에 등단을 하고, 나이도 비슷한 작가인데 인기마저 어마어마해. 내가 쓴 글과 비교가 되었고 작가를 그만해야 할까, 며칠을 생각했어. 정말 마음이 힘들었어. 나보다 더 잘하는 사람과 비교하면 좌절하게 돼.

그때 텔레비전을 보고 있는데 광고에 배우 전지현 씨가 나오는 거야. 내가 세상에서 가장 예쁘다고 생각하는 사람. 순간 난 한 번도 그를 보면서 질투해 본 적이 없다는 걸 깨달았어. 왜? 전지현은 전지현이고 나는 나니까.

예전에 방송인 홍진경이 예능에 나와서 카이스트 출신 배우를 보면서 그런 말을 했어. '나도 조금 더 해서 할 거 같다는 생각을 하면 부럽다고 할 텐데 부럽지도 않다. 강을 건너서 너무나 다른 곳에 있기 때문에 마음이 편안했다.' 역시 위트가 넘치는구나, 생각하면서 얼마나 웃었는지 몰라. 나에게 전지현은 그런 존재였어. 그렇다고 내가 전지현보다 더 재미없는 인생을 사는 건 아니거든. 전지현은 전지현 나름대로 재밌게 살 거고, 나도 내 나름대로 재밌게 살아. 외모는 비교 가능할지 모르지만 인생의 재미는 비교 불가능해. 나를 질투에 휩싸이게 했던 모 작가를 '또 다른 전지현일 뿐이구나' 하고 생각하니 갑자기 마음이 편해지더라고. 나에게 전지현이 한 명 더 늘었을 뿐이야. 살아가면서 내가 만나는 전지현은 한 명이 아닐 거야. 될 수 없다면, 가질 수 없다면 내 것이 아니라고 생각해. 이렇게 내 마음을 다스리며 살아가고 있어.

비교를 해서 나아질 게 있으면 해. 하지만 그렇지 않다면 덜 하는 게 좋지 않을까? 물론 이건 말처럼 쉽지 않아.

소설 『텐텐 영화단』의 주인공 '소미'는 내 십대 시절의 모습이었어. 소미는 예민하고 다른 사람과 비교를 많이 해. 소미가 그런 말을 해.

"나도 다 알고 있다. 비교하기 시작하면 끝이 없다는 걸. 사람들이 한 사람의 복제 인간이 아닌 이상, 사람은 다 다르고 비교가 될 수밖에 없다. 비교증후군만큼 무서운 게 없다는 걸 알지만 비교증후군에서 벗어나는 게 결코 쉽지 않다. 어쩌면 내가 세상에서 가장 못난 사람이 아니라, 혼자 못나게 굴고 있는지도 모른다."

아니야. 소미는 내 십대 시절의 모습만 있는 게 아니었어. 그 소설을 쓰던 시기에 나는 작가가 되었지만 과연 이 일을 지속할 수 있을지 불안한 상태였거든. 『텐텐 영화단』은 내 이십대 시절의 이야기이기도 해. 내 모든 소설을 통틀어 내가 가장 좋아하는 인물은 소미의 친구 '조나단'인데, 조나단은 소미에게 쉽게 생각하고 어렵게 생각하는 건 스스로 선택할 수 있다며, 생각도 습관이라고 말해. 소미였던 나는 조나단이 되고 싶었고, 지금은 어느 정도 조나단처럼 살고 있어.

자존심과 자존감이 다른 거 알지? 자존심은 다른 사람과 비교하면서 느끼는 감정이야. 내가 A보다 뭐가 낫지? B보다 뭘 못 하지? 하면서 비교 기준이 타인인 거지. 반대로 자존감은 스스로 어떤 상태인지 느끼는 거래. 비교 기준이 타인이 아니라 오로지 자신인 거지. 내가 좋아하는 게 무엇이고, 내가 불편한 게 어떤 거고, 내가 싫어하는 게 어떤 건지 판단하는 기준점이 자신이야. 자존심보다 자존감이 높은 사람이 되도록 노력해야 해.

이제 그만 감옥에서 나오자. 죄를 짓지도 않았는데 계속 갇혀 있는 건 억울하잖아. 진짜 감옥은 죄라도 지었으니 가는 건데 너는 죄가 없어. 비교 감옥의 열쇠를 가지고 있는 건 너 자신이야.

열쇠로 문을 열고 나오렴.

5장

미래가 마냥 두려운 나에게

잘하는 것도 없고 뭘 해야 할지도 모르겠어

"친구들은 장래희망이 있는데 저는 무엇을 해야 할지 모르겠고 잘하는 것도 딱히 없어요. 미래에 없어지지 않는 직업을 가져야 할 텐데 쉽지 않을 것 같아요. 제 미래가 너무 걱정돼요."

참 신기하지 뭐야. 길을 지나가다가 어린이나 청소년들을 보면 대강 나이를 맞힐 수 있어. 초등학교 3학년쯤 되었겠구나, 하면 맞고 중학생이네, 하면 중학생이야. 스무 살 이전까지 신체 성장이 이뤄지기에 나이에 맞는 표준 키와 표준 몸무게라는 게 있어. 하지만 스무 살이 넘어버리면 어른들은 그냥 뭉뚱그려 키에 맞는 몸무게만 나오더라. 어른은 신체 성장이 끝나서 그런가 봐.

또 하나, 어른이 되면 서너 살 차이는 크게 느껴지지 않아. 하지만 어린이나 청소년들은 나이 한 살을 두고도 언니, 형, 누나, 오빠를 정확하게 따져. 우리나라가 나이로 서열을 정하는 문화가 있어서 그렇다고 하지만, 자라나는 입장에서 1년의 간극이 정말 크기 때문에 그런 게 아닐까 싶어. 지금 나는 다섯 살이나 심지어 열 살이 어려도 나와 같은 또래라고 여겨. (물론 그들은 다르게 생각할 수도 있어.) 하지만 십대 때는 그렇지 않아. 뭐야? 나보다 다섯 살이나 어리다고? 열 살? 하면서 아예 다른 또래로 여기지. 그만큼 십대 때 1년이란 엄청 긴 시간이야. 1년 동안 신체 성장도 어마어마하게 이뤄지고 마음도 그렇잖아. 초등학생 때는 유치원생과 자신이 다른 세대라고 여기고, 중학생은 초등학생과 자신이 다르다고 여기지. 고등학생은 중학생과 다르다고 여길 테고. 맞아. 다른 게 맞아.

그런데 왜 너는 어른의 고민을 지금 하고 있니?

십대의 고민과 삼십대의 고민, 오십대의 고민은 달라야 한다고 생각해. 나이대마다 상황이 다르니까. 하지만 많은 십대들이 삼십대, 오십대가 하고 있는 고민을 같이 하고 있어. 당장 학교 그만두고 취업해야 하는 거 아니잖아. 만약 졸업 후 바로 취업을 해야 하는 고등학생이라면 당연히 걱정해야지. 그런데 중학생이라면, 대학 입학 예정인 고등학생이라면 직업 걱정은 나중에 해도 돼.

십대 시절 우리 또래는 어른들에게 '철 좀 들어라'라는 말을 많이 들었어. 그와 관련된 개그 유행어가 있을 정도였지. 하지만 요즘 만난 청소년들은 철 좀 들라는 말을 거의 듣지 않는대. 왜 그럴까 생각해 보니, 이미 십대들이 '조로'해 버렸더라고. 어른이 되어 먹고살 걱정을 하고, 먼 미래의 노후까지 염려하더라. 뉴스에서 하도 먹고살기 힘들어졌다고, 청년 취업률이 낮아졌다고, 노후 준비가 안 되어 있다고 나오니까 덩달아 십대들까지 걱정하는 거야. 사실 그건 십대의 문제가 아닌데 말이야. 어른들의 걱정을 십대가 할 필요는 없어.

더 이상한 건 아이들은 어른이 되어 버렸고, 어른들은 아이가 된 상황이야. 서로 반대가 되었어. 혹시 '어른이'

라는 말을 들어 봤어? '어른+어린이'라는 뜻이래. (영어로 kid+adult, 키덜트야.) 어른도 아이 같은 감성과 취향을 지녔다는 거지. 나는 이 말이 좀 불편해. 어른이 어른답게 굴지 않고, 어른 노릇을 하지 않겠다는 것처럼 들리거든.

일본의 사상가 우치다 타츠루는 어른이 어른 역할을 제대로 못 하는 사회 모습을 두고 『어른 없는 사회』(김경옥 옮김, 민들레, 2016)라는 책을 썼어. 이 책에선 어른에 대해 이렇게 이야기해. 길에 떨어진 빈 깡통을 줍는 사람이라고. '아이'는 시스템 보전이 모두의 일이므로 자기 일이 아니라고 생각하지만, 어른이라면 해야 한다고. 어른은 약자인 어린이를 보호해야 할 의무가 있어. 자신들도 보호를 받아 무사히 어른이 된 거니까, 이제 받은 걸 돌려줘야지. 하지만 지금 어른들은 어른이가 되겠다며, 제 역할을 하지 않고 있는 것 같아서 화가 날 때가 많아. 제발 어른은 어른답게, 아이는 아이답게 지내면 좋겠다!

어른이 할 걱정을 지금 하지 말라고 하면 이렇게 반박할 수도 있어.

"언젠간 내가 어른이 될 거잖아요! 그래서 걱정하는 거예요."

그래, 그렇다면 막연히 걱정하는 대신 하나씩 따져 보자.

십대에 진로를 정해서 그것만 열심히 파는 친구들이 부러울 수도 있어. 하지만 알고 있지? 이제 더 이상 한 가지 직업으로 평생 먹고살기 힘들어. 십대 시절의 한 가지 꿈을 일흔 살까지 유지할 수 있는 사람은 아마 많지 않을 거야. 제4차 산업혁명시대에 사회변동 속도는 엄청나게 빠르니까 말이야. 우리가 이렇게 코로나19를 겪을 줄 어떻게 알았겠니? 어떤 선생님이 그러시더라고. 코로나19가 우리를 미래 사회로 확 끌어당겼다고.

그렇다면 앞으로의 사회를 대비하기 위해서는 뭐가 필요할까?

기억해 둬. 잘하는 일을 찾으려고 하지 마. 이 부분에 밑줄을 쳐도 돼.

잘하는 거 없어도 백배 천배 잘 살 수 있어. 나는 작가로 살고 있지만 잘해서 하고 있는 게 아니야. 만약 내가 잘했다면 공모전에서 100여 번이나 떨어지고 나서야 작가가 되진 않았겠지. 증거가 또 있어. 작가가 글을 쓰면 잘 썼는지 못 썼는지 평가하는 '평론가'라는 작가들이 있거든. 작가 생활 10년을 넘게 했지만 칭찬받아 본 적이 거의 없어. 평론가 기준에서 내 글은 잘 쓴 글이 아니래. 뭐 그렇다는데 어쩌겠어? 그런가 보다 하는 거지. 칭찬받으려고 이 일을 하고 있는 건 아니니까. 그나마 다행인 건 잘 쓰지는 않았지만 제법 읽을 만하다고, 좋았다고 말하는 독자들이 조금은 있다는 거야. (역시 많지는 않아.) 그들 덕분에 잘하지는 못하는 일을 좋아한다는 이유만으로 하고 있어.

잘한다는 기준도 모호해. 나는 잘한다고 생각하는데 남들은 그렇지 못하다고 할 수도 있어. 반대로 나는 잘하지 않는다고 여기는데, 남들은 잘한다고 할 수도 있어. 도대체 잘한다는 게 뭐야? 좋아하는 건 모호하지 않아. 남들이 뭐라고 하든 말든, 내가 좋아하는 건 스스로 알 수 있어. 내가 다음 날 그 일을 한다고 했을 때, 빨리 내일이 오길 기다린다면 좋아하는 거래.

잘하는 걸 찾으려고 하지 말고, 대신 '좋아하는 걸' 찾아봐. 내가 이 말을 하면 많은 아이들이 울상을 지으며 "헉. 저 좋아하는 것도 없는데 큰일이네요"라고 해. 좋아하는 게 태어날 때부터 정해져 있는 게 아니잖아. 출생등록부에 적혀 있지 않아. 그건 십대인 지금 당장 알 수 없어. 이것저것 해 봐야 알 수 있어. 사람을 많이 만나는 걸 좋아하는지, 혼자 있는 걸 더 좋아하는지, 무슨 일을 할 때 기분이 좋아지는지. 가령 맛있는 걸 먹을 때 행복해지는 사람도 있고 예쁜 옷을 입을 때 행복해지는 사람도 있어. 동물과 놀 때 즐거움을 느끼는 사람도 있지. 사람들은 저마다 제각각의 '좋아함'을 찾아야 해.

그게 나중에 네 진로와 연관될 확률이 크단다. 이미 세상에 있는 직업에 네 취향을 맞추려 하지 마. 네 취향에 맞춰 직업을 만들어 낼 수 있어. 십대 때 나는 청소년 소설을 쓸 거란 생각을 전혀 못 했어. 왜? 그땐 청소년 소설이 거의 없었거든! 글 쓰는 걸 좋아하고, 십대 인물을 좋아했기에 청소년 소설이란 장르가 생겼을 때 도전할 수 있었어. 웹툰 작가나 유튜버들도 마찬가지야. 지금 웹툰 작가들이 십대 시절 웹툰 작가를 꿈꿨을까? 많은 아이들이 꿈꾸는 유튜버는? 노노. 20년 전엔 웹툰 플랫폼도, 유튜브도 없었어. 만화나 스토리텔링을 좋아하는 이들이 지금의 웹툰 작가 일을 하는 거고, 보여 주고 소통하는 걸 좋아하는 사람들이 유튜버가 되었을 거야.

진로와 관련이 없더라도 좋아하는 무언가는 네가 살아가는 이유가 될 거야. 잘하는 일을 직업으로 삼는 사람은 정말 극소수고, 좋아하는 걸 직업으로 삼는 사람은 일부야. 잘하고 좋아하는 걸 직업으로 삼지 않아도 돼. 사람이 일만 하려고 살아가는 건 아니니까. 직업이 내 인생의 전부는 아니야. 어른이 되면 경제적으로 독립을 해야 하는데, 최소한 일을 해서 버는 돈으로 내가 좋아하는 무언가를 해야지. 그건 즐기며 살아가야지.

미래에 유망한 직업이 뭔지 나도 잘 몰라. 나조차도 더 이상 책이 안 팔려 작가를 그만두고 다른 일을 해야 할 수도 있어. 그래도 걱정은 많이 안 해. 지금 걱정한다고 달라지는 건 별로 없으니까. 그런 시기가 올 거라고 예상은 하고 있어. 그나마 나는 다른 사람보다 글을 많이 써 봤으니까, 책이 아닌 다른 매체에 글을 쓰는 무언가는 할 수 있을 거야. 칭찬받을 만큼 잘하지는 못해도, 10년을 넘게 직업으로 글쓰기를 했는데 아예 글을 안 써 본 사람보다는 나을 테니까. 글쓰기 방법을 알려 주는 일을 할 수도 있겠지.

사회변동 속도는 너무 빠르고 10년 뒤, 20년 뒤 미래는 어떻게 바뀌어 있을지 모르겠어. 가장 필요한 기술은 '융통성'인 것 같아. 그때그때의 사정과 형편을 보아 일을 처리하는 재주 말이야. '이거 아니면 안 돼'가 아니라 '이것도 할 수 있고, 저것도 해야 할 수도 있겠다'는 마음가짐이 필요해.

미래를 예측하려고 하지 마. 우리는 예언가가 아니니까. 그냥 지금 내가 좋아하는 게 뭔지, 그나마 뭘 하면 잘할 수 있을지 조금씩, 찬찬히 고민해 보자. 네가 어른이 된 세상은, 어른이 된 너는 생각보다 더 근사할 수도 있어.

이건 비밀인데, 근사한 게 더 많아. 오늘은 여기까지만 이야기할게. 후훗.

내 마음대로 했다가
잘 안되면 어떻게 해?

"작가가 되고 싶은데, 부모님이 작가는 돈을 벌지 못한다고 반대해요. 부모님 말씀이 틀린 것 같지 않아 고민이에요. 제 꿈 어떻게 해야 할까요?"

작가가 되고 싶다고 말하는 아이들을 종종 만나. 예전에는 어떻게 작가가 되었냐고 물어 왔는데, 요즘은 어쩌다 작가가 되었느냐고 묻더라. '어떻게'가 '어쩌다'로 바뀌었어. 나중에는 '어쩌자고'로 바뀌는 게 아니냐고 동료 작가들끼리 이야기하다가 웃었네.

작가가 되면 제대로 돈을 벌 수 있을지 걱정을 많이 해.

이제는 부모님이 반대해서 못 하는 게 아니라, 아이들 스스로 수입에 대해 걱정을 더 해. 맞아. 작가는 '프리'랜서야. 일하는 시간도, 장소도, 수입도 프리하지. 나도 수입 때문에 걱정을 하지 않았던 건 아니야.

작가를 꿈꾸었던 십대 때만 하더라도, 돈에 대한 관념이 거의 없었어. 작가가 돈을 어떻게, 얼마나 벌 수 있는지 아예 생각을 안 했어. 요즘과 달리 그때는 경제적 사고가 좀 늦었어. 이십대가 되면서 등록금, 생활비, 용돈이라는 돈의 개념을 조금씩 알게 됐어. 아르바이트를 하면서 돈을 벌기도 했으니까.

대학을 졸업하면 완전히 경제적 독립을 해야 하잖아. 그때까지도 작가가 되면 당연히 먹고살 수 있을 줄 알았어. 얼마를 버는지는 생각해 본 적이 없어. 다만 작가가 안 될 수도 있기에 대학원에 입학했어. 대학원 학위를 받으면 학생들을 가르치는 강사 일은 할 수 있으니까 말이야.

대학원을 다니던 중에 등단을 하게 되었어. 드디어 바라던 꿈을 이루게 된 거지. 하지만 작가 수입의 대부분은 책을 판매해서 얻게 되는 '인세'인데, 그게 크지 않더라.

작가는 책값의 10퍼센트를 받아. 동화책일 경우 10퍼센트를 글 작가, 그림 작가가 나누어 갖지. 책 한 권이 만 부 정도 판매되면 아주 괜찮다고 하는데, 만 부의 인세만으로는 생활이 어려워. 만 부 이하로 판매되는 책도 많고, 1년에 책 한 권을 내는 것도 쉬운 일이 아니야. 작가가 되고 나서야 비로소 작가라는 직업을 경제적으로 연결시켰어. 그제야 계산기를 두드려 봤더니 '아, 이래서 작가가 가난한 직업이라고 하는구나' 하며 깨달았지. 내가 참 철이 없었구나 싶었어.

'그럼에도 불구하고' 나는 이 일이 하고 싶었어. 인생에서 가장 중요한 부사는 '그런데'도 '그러나'도, '그리고' '그래서'도 아니고 바로 '그럼에도 불구하고'인 거 같아. 적게 벌면 적게 쓰면 되지, 뭐. 나는 물욕도 없고 소비지향적인 사람이 아니야. 이게 원래 그랬던 건지, 작가가 되고 나서 바뀐 건지 잘 모르겠어.

전업 작가가 꿈이었고, 지금도 그게 꿈이야. 책을 1년에 한 권을 내서는 안 되겠다, 싶어서 두 권 이상 내겠다고 계획을 바꿨어. 좋은 이야기가 생각날 때까지 기다리는 게 아니라, 어떻게든 생각을 해내서 글을 쓰려고 해. 머나먼 지방 강연도 마다하지 않았어. 버스로 왕복 10시간이 걸리는 곳도 당일치기로 다녀왔어. 동료 작가들이 그 먼 곳을 어떻게 가느냐고 하는데, 불러 주면 어디든 가는 거야. 멀리 가는 일이 피곤하고 힘들 때도 많아. 하지만 내가 좋아하는 일인 글쓰기를 하기 위해선 해야만 했어. 내가 쓴 책을 알려야 하기도 했고.

출간된 책이 늘어나고 강연을 다니며 수입이 안정되었던 것 같아. 그래서 대학원을 그만둘 수 있었어. 강사 일을 하지 않아도 작가로 생활이 가능하더라고. 여전히 이 일을 하면서 5년 뒤, 10년 뒤에도 경제생활이 가능할지 모르겠어. 그건 그때 가서 다시 고민해 보려고.

하고 싶은 대로 했는데 잘 안 되면 어쩌나 걱정이 될 거야. 그런데 잘되기만 하는 일이 어딨겠어? 그리고 잘 안 되기만 하는 일이 어딨겠어? 그나마 내가 하고 싶은 대로 했다면 다행이야.

〈우정의 조건〉이란 영화가 있어. 영국의 사립 고등학교가 배경인데 새로 부임한 선생님이 학생들에게 화를 내며 이런 말을 해.

"너희가 남들 인생 살면, 너희 인생은 대체 누가 사니?"

이 대사가 오래도록 내 마음에 머물렀어. 부모님이 시키는 대로, 주변 사람들이 부러워하는 대로만 살아가면 그건 내 인생이 아닐 거야. 내 인생이면, 내가 원하는 대로, 바라는 대로 해야지. 내 선택이라면 결과가 좋든 나쁘든 충분히 감수할 수 있어. 내가 원하는 대로 하는 대신 책임도 내가 지는 거야. 누가 시켜서 선택했다면 그 사람을 원망할 수 있겠지. '왜 그때 나한테 그거 하라고 했어요?' '왜 그 사람이랑 만나라고 했어요?' 하고 말이야. 하지만 내가 스스로 선택했다면 다른 사람을 탓할 수 없어. 어떤 경우에는 내 마음대로 해서 안 되는 게 나을 수도 있어. 타인이 시키는 대로 해서 잘 안 되면 그 사람 원망까지 하게 되잖아. 내가 선택한 거면 스스로 선택 이전까지의 상황과 과정을 모두 알고 있기에 수습하는 것도 더 잘할 수 있어.

자, 어떤 삶을 살고 싶니? 스스로 선택하고 스스로 책임지는 삶? 아니면 시키는 대로 하고 책임도 미루는 삶? 그런데 너에게 이래라저래라 했던 사람도 온전히 네 삶을 책임져 주지 않아. 그 사람도 자기 삶 사느라고 바쁘거든. 아마 네가 따지면 이렇게 말할 거야. "그러게. 누가 그렇게 하랬어?" 하고 말이야. 내 삶을 책임질 사람은 이러나저러나 나밖에 없어.

에효, 인상 좀 펴. 내 말이 너무 부담돼? 그렇게 심각해하지 않아도 돼. 어떻게든 삶은 살아가게 되어 있으니까. 이왕이면 네가 원하는 대로 살면 좋을 것 같아서 이 말을 한 거야.

두려울 때 심장은 두근두근해. 그런데 기대할 때도 같아. 물론 매일 두근두근하며 살 수는 없어. 계속 그러면 심장에 이상이 생긴 거겠지. 하지만 자주 두근대며 살자. 두렵지만 기대하며 말이야.

잘될지 안 될지는 누구도 알 수 없어. 그러니 미리부터 걱정은 말자. 하고 싶은 일이 있다는 것만으로도 잘하고 있는 거야. 아무것도 바라지 않으면 아무 일도 생기지 않아.

40년 가까이 살면서 삶에는 내가 기대한 일만 생기지 않는다는 걸 알았어. 기대조차 하지 않았던 일들도 많이 있었어. 물론 좋은 일들만 생긴 건 아니야. 속상하고, 아쉽고, 안타까운 일들도 있었어. 그래도 '아, 그 일이 없었으면 좋았을 텐데' 하는 건 없어. 모두 다 내 삶이니까. 인생은 한 가지 맛이 아니더라. 달기도 하고, 쓰기도 하고, 맵기도 하고, 시기도 하고, 짜기도 해. 여러 맛이 있으니까 질리지 않는 것 같아.

기대한 만큼, 아니 기대한 것 이상의 것들이 이뤄질 거야. 그러니 걱정은 여기까지만.

십대에 꼭 해야 할 일이 뭘까 궁금해

"십대 때 꼭 해야 할 게 뭘까요? 나중에 후회하고 싶지 않아요. 십대에 하면 좋은 것들을 알려 주세요."

'세 살 버릇 여든까지 간다'라는 속담을 싫어했어. 뭐야? 사람은 안 바뀐다는 거야? 마치 아기 때 행동이 평생을 좌우한다는 것처럼 들리잖아. 이제는 어느 정도 이해가 돼. 습관이라는 게 한번 들면 바꾸기 힘들다는 뜻이니까.

난 세 살 때 익힌 젓가락질을 스무 살까지 했어. 아기들이 포크나 숟가락 잡는 것처럼 젓가락도 그 모양으로 집었어. 식구들은 나에게 뭐라고 하지 않았어. 형제가 네 명이었기에 젓가락질 같은 사소한 것을 고치라고 잔소리하면 우리 부모님은 잠자는 시간 빼고 내내 잔소리만 해야 할 테니까. 가족 외의 사람들은 내 젓가락질을 보고 다들 한마디씩 했지.

"그거 고쳐야 한다."

"식사 예절이 아니야."

그때부터 타인의 말을 한 귀로 듣고 한 귀로 흘리기를 시작했나 봐. 고치라고 하면 "전 이게 편해요"라고 대꾸했어. 진짜로 편했거든.

내 젓가락질이 특이하긴 했나 봐. 고등학교 때 언니랑 같은 학교를 다녔는데 언니 친구가 나를 보더니, "어? 네 동생 젓가락질 이상하게 하는 애 아냐?"라고 했대.

한 번도 불편함을 느끼지 못했기에 바꿀 생각을 하지 않았어. 그런데 왜 바꾸게 되었냐고?

대학에 입학했는데 여전히 새로 만난 사람들이 나에게 특이하다고 했지. 나는 또 "네, 네" 하고 말았어. 그때도 바꿀 생각이 없었어. 하지만 같은 과 친구가 "젓가락질 바꾸면 소개팅시켜 줄게"라고 하는 거야. 당장 바꿨지.

17년간 해 왔던 것을 고치는 게 쉽지 않더라고. 손에 경련까지 일어나는 거야. 하지만 머릿속으로 온통 소개팅, 소개팅 생각만 했어. 목적이 있으니 고쳐지더라. 약속대로 그 친구는 내게 소개팅을 해 주긴 했어. 잘되지 않았지만 말이야.

이렇게 한번 들인 습관은 엄청난 계기가 있지 않고는 바뀌지 않는 것 같아.

그렇다면 십대 시절에 어떤 습관을 들이면 좋을까?

내 습관 중에서 참 잘했다 싶은 걸 이야기해 줄게.

우선 첫 번째는 '메모하는 사람'이 될 것. 이전 편지에서 '필기'의 중요성에 대해서 이야기했잖아. 난 습관적으로 적어. 중학교 1학년 때부터 다이어리를 썼어. 그땐 새해에 패션잡지를 사면 예쁜 다이어리를 주곤 했거든. 다이어리를 받기 위해 친구들과 서점에 몰려가 잡지를 샀지. 다이어리 꾸미기에 신경만 쓴 게 아니라 적는 것도 잘했어.

이달의 계획, 이 주의 계획, 오늘의 계획, 이렇게 나누어서 적었지. 할 일을 적다 보면 생활이 늘어지지 않더라고. 보통 사람들이 새해에 계획을 적잖아. 나는 새달을 시작할 때, 그 달력을 보면서 이번 달에 하고 싶거나 해야 할 일 한두 가지를 정해. 그리고 매주 일요일 저녁이 되면 새롭게 시작하는 월요일부터 일요일까지의 할 일을 적어. 밤이 되면 오늘 있었던 것을 한두 줄로 짧게 적어 두면서 다음 날 해야 할 일을 체크해. 지금도 꾸준히 이걸 하고 있어. 요즘엔 핸드폰 메모장에도 일주일 치의 계획을 한 줄로 짧게 적어 놔. 식단표도 일주일 치를 짜. 이게 습관이 되니까 안 하면 오히려 이상해. 메모는 아주 기특한 보조 장치야. 나의 뇌가 두 개인 셈이지. 지인들이 내 기억력에 놀랄 때가 많은데 모두 메모 덕분이야. 깜박하거나 놓치는 일이 거의 없어. 메모하기는 삶을 무척 편리하게 만들어 줘. 적는다는 건 복잡한 머릿속의 것들을 빼내서 가지런히 정리해 준 다음에 다시 집어넣는 것과 같아. 나는 고민이 있을 때도 머리로만 생각하지 않고 다이어리에 적으면서 생각해. 그러면 생각지도 못한 해결 방법이 떠오르기도 해.

두 번째는 '읽는 사람'이 되길.

작가로서 책 읽으라는 말을 하는 게 좀 민망하기도 해. 책이 팔려야 먹고사는 사람이니까 그렇게 말하는 거지, 할 수도 있잖아. 그런데 한 아이스크림 회사 회장은 자기 아들한테는 절대로 아이스크림을 먹이지 않을 거라고 했어. 스마트폰을 만든 스티브잡스도 어린 자녀들에게 스마트폰을 못 쓰게 했대. 작가라서 책 읽으라고 하는 건 아니야. 아무도 뭐라고 안 하는데 괜히 제발 저려 이런 말을 하는지도 모르겠네. 하하.

어쨌든 책을 읽는 사람이 되길 바라. 요즘은 넷플릭스 같은 OTT 서비스가 무척 많아. 봐야 할 영상이 넘쳐나지. 내가 어릴 땐 정규방송밖에 없었어. 그 시간을 놓치면 못 보는 거야. 못 보면 이따가 보지 뭐, 하는 게 불가능했어. 그래서 시간 맞춰서 봐야 했지. 중학생 때 한 선생님이 나중에는 방송을 자기가 원하는 시간에 골라 보는 세상이 올 거라고 했을 때도 믿지 않았는데, 그런 세상이 왔네. 그런데 그 선생님은 다이어트할 필요 없다며 나중엔 알약 하나만 먹으면 살이 빠질 거라고도 하셨어. (선생님, 그 세상은 아직 오지 않았답니다.)

드라마, 영화 등의 영상은 너무 재밌어. 점점 더 새로운 이야기, 화려한 기술이 많아지니까. 하지만 영상을 볼 때는 깊이 생각하지 않아. 다 보고 난 다음에 이야기를 나누거나 생각을 할 수는 있지만 보는 도중에는 불가능해. 하지만 책은 생각하면서 읽을 수 있는 도구야. 읽다가 언제든 멈춰서 생각할 수 있지. '아, 이렇게 생각할 수도 있구나' '어? 나도 이런 적 있는데' 하고 말이야.

『그건 혐오예요』(홍재희 지음, 행성비, 2017)라는 책을 읽었어. 독립영화를 만든 여섯 명의 감독을 인터뷰한 책인데, 이길보라 감독은 장애에 대해 말하며 사람들이 장애에 대해 아무렇지 않게 혐오 표현을 한다고 지적했어. 그러면서 "그건 장애인 혐오라고 조목조목 알려 줘야죠"라고 말했어. 아주 단순한 문장인데 이 말이 내 머릿속에 콕 박혔어. 모르면 알려 줘야 하는구나, 그러면 달라질 수 있겠다. 또 나도 모르고 있는 게 있을 수 있으니까, 나도 알아 가야겠다 싶었어. 나는 이 문장을 계속 마음에 품고 살아가려고 해. 살다 보면 이해 못 할 행동이나 말을 하는 사람들을 만나게 돼. 보통 그런 사람을 보고 "왜 저래?" 하고 말하거나 속으로 생각해. 그런데 이 물음은 '왜'에 방점이 찍혀야 해. 사람들은 이 말을 하면서 대부분 '저래'에 더 주목하는 것 같아. 왜 그럴까 생각해야지, 저렇지 하며 비난만 해서는 나아질 게 없다고.

카프카는 책은 얼어붙은 바다를 깨는 도끼여야 한다고 말했어. 나에게 도끼가 되어 주는 책들이 많아. 미처 내가 생각하지 못했던 것, 잘 알지 못했던 것, 모르면서 아는 척했던 것들을 알려 주지. 나는 그 문장들에 밑줄을 그으며 살아갈 거야.

예전 편지에서 삶을 바꾸는 결정적인 계기에 대해 이야기했잖아. 『존엄하게 산다는 것』이라는 책에 대해 말하면서 말이야. 기억나? 두 가지가 있는데 첫 번째는 '실패'였고, 두 번째는 다음에 알려 준다고 했어. 두 번째는 바로 '만남'이래. 나에게 나를 변화시킨 만남의 대상은 사람보다 '책'이었던 것 같아. 책을 읽다가 나를 멈추게 한 문장에 밑줄을 긋고, 다이어리에 적었어.

책 읽는 방법으로 추천하는 건 '별점 주기'야. 보통 책 읽고 독서감상문 같은 걸 쓰라고 하는데, 그건 너무 귀찮아. 그런 생각을 한 적이 있어. 게임하는 사람에게 게임 감상문을 적으라고 하면 게임 유저가 확 줄지 않을까 하는. 책을 읽고 자꾸 무언가를 더 하라고 하니까 책이 더 싫어질 수도 있어. 독서감상문은 쓰지 않아도 좋아. 대신 다이어리에 읽은 책을 적고 별점을 주는 거야. 정말 좋았으면 별 다섯 개, 보통이면 별 세 개, 괜히 읽었다 싶을 정도로 별로면 별 한 개. 나는 책뿐만 아니라 영화도 별점으로 기록해. 별점을 매길 때면 왠지 우쭐해지기도 해. 책이나 영화에 끌려다니는 사람이 아니라 내가 주체가 되어 평가하는 사람이 되는 거지.

메모하고 읽기. 이 두 가지는 십대 때부터 지금까지 해 왔던 일들이고 내가 할머니가 되어도 계속하고 싶은 것이기도 해. 평행우주 속 할머니인 나는 지금의 나를 보고 잘하고 있다고 칭찬할 것 같아.

오늘부터 당장 다이어리에 적어 보자. 해야 할 일과 하고 싶은 것을 적고, 읽은 책도 적어 보자.

부디 적고 읽는 사람이 되길.

어떻게
살아야 할까?

"잘 살고 싶은데, 어떻게 살아야 잘 살 수 있을까요? 돈을 많이 벌면 행복할까요? 좋은 직업을 가지면 될까요? 그런데 좋은 직업은 뭐죠? 잘 살 수 있는 방법이 도대체 뭘까요?"

나도 정말 궁금하다, 잘 사는 방법. 누구나 바라는 거지만 잘 산다는 말처럼 모호한 게 없는 것 같아. 그런데 이 거야말로 아주 주관적인 판단이 필요해. 남들이 내게 잘 산다고 말해도 정작 나 자신이 그렇게 느끼지 않으면 소용없어. 남들 눈에는 내가 잘 사는 것처럼 보이지 않아도 내가 잘 산다고 느끼면 잘 사는 게 맞지 않을까?

잘 사는 방법에 대해 물어보면, 사람들은 저마다 각각 다르게 대답할 거야. 그렇다면 너는 뭐라고 대답할래?

우선 내 기준을 정하자.

저마다 기준이 다르고 방법도 달라. 그러면 나만의 기준을 정하고, 그 방법을 찾아야 해. 뭉뚱그려 이게 좋다, 저게 좋다, 할 수 없어. 세상의 정답이 아닌 내 정답을 찾아야 해. 아직 없다고? 없으니까 찾아 가고 만들어 보자는 거야. 그러니 부담 갖지 말고 생각해 봐.

한 사람의 인생을 결정하는 가장 중요한 게 무엇일지 곰곰이 생각해 봤어. 직업? 학교? 재산? 가족? 친구? 이것들은 인생에 영향을 미치는 요소들 중에 하나일 거야. 그렇다면 결정적인 한 가지를 꼽으라면 무얼까.

바로 '가치관'이야. 인생을 살면서 선택할 일이 참 많아. 대학 학과도 정해야 하고, 무슨 직업을 가질지, 연인을 만날지 안 만날지, 만나게 되면 어떤 사람을 만날지, 결혼을 할지 말지, 자녀는 낳을지 말지, 돈을 벌면 어떻게 쓸지 등등. 무수한 선택의 결과가 바로 인생을 만들고 선택에 영향을 주는 건 '가치관'이야. 내가 중요하게 여기는 게 무언지, 가치 있게 여기고, 절대로 잃고 싶지 않은 게 무엇인지 생각해 본 적 있어? 어떻게 살아야 할지, 잘 사는 게 과연 무엇인지 궁금할 때 나는 스스로에게 물어봐.

잃고 싶지 않은 게 뭐야? 지키고 싶은 게 뭔데?

이게 바로 나의 가치관이야. 내가 어떤 일에 판단과 결정을 내리고 행동을 할 때 바탕이 되어 주는 것들이지. 난 크게 두 가지를 정했어.

첫 번째는 '내가 제일 중요해'. 이건 너무 당연한 명제 아냐? 내 삶에서 내가 제일 중요하지! 싶을 테지만, 이걸 잊을 때가 많아.

언제까지 글을 쓸 거냐는 질문을 종종 받아. 작가는 정년이 따로 있는 직업이 아니니까 가능한 질문이겠지. 예전에는 "오래오래 쓰고 싶어요"라고 대답했던 것 같아.

그런데 이젠 아니야. "쓰는 게 좋을 때까지만 쓸 거예요" 하고 대답해. 설사 글쓰기가 내가 생각한 것 이상의 명성과 부를 가져다주더라도, 나를 힘들게 하면 언제라도 그만둘 거야. 어쩌면 그런 날이 오지 않아서 이렇게 말하는 게 아니냐고 할지도 모르겠지만, 이런 마음가짐으로 글을 쓰고 있어. 한때 책이 더 많이 팔리고 유명해지고 싶었어. 지금도 그런 마음이 아예 없는 건 아니지만, 되면 좋고 안 돼도 나쁠 건 없다고 생각해. 글쓰기는 나보다 우선일 수 없어. 좀 못 써도, 때론 안 써도 큰일 나지 않아. 이건 모든 것에 해당돼. 세상의 중심은 나여야 해.

책을 읽던 중에 한 구절을 보고 멈춘 적이 있어.

"한 사람을 죽이는 사람은 한 사람을 죽이는 것이다. 그러나 자기 자신을 죽이는 사람은 모든 사람을 죽이는 것이다. 적어도 자기 입장에서는 온 세상을 없앤 것이므로." 소설가 G.K. 체스터턴의 말이야. 한때 나는 재난물을 무척 좋아했어. 귀신과 살인마가 나오는 건 못 보지만 좀비, 지구 침공, 지구 멸망 등의 이야기는 너무 흥미진진한 거야. 재난이란 게 무얼까 생각해 봤어. 소우주인 나

자신에게 문제가 생기면 그게 재난이더라. 지구 멸망은 바로 내가 세상에서 사라진 것일 테니까. (소설집 『지구를 안아줘』는 이 생각으로 쓰게 됐어.)

내가 가장 중요하기 때문에 하는 노력들이 있어. 다른 사람이랑 비교하지 않으려고 해. (오죽하면 전지현까지 끌어들였겠어?) 나에게 함부로 말하려고 하지 않아. 내가 잘 못 하는 건 굳이 스스로에게 말하지 않아도 주변 사람들이 더 잘 알려 주더라. 세상은 늘 나에게 너그럽지 않아. 그렇다면 나라도 자신을 너그럽게 대해야지. 다른 사람이 나를 좋아하고 말고는 그 사람의 몫이야. 하지만 내가 나를 좋아하는 건 내 몫이야.

내가 선택과 행동을 할 때 중요하게 여기는 두 번째 가치는 '예의'야. 나에게 내가 중요하면 다른 사람도 그 자신에겐 가장 중요한 사람이야. 입장 바꿨을 때 내가 듣기 싫은 말은 하지 않으려고 해. 사람은 '상상'할 수 있는 존재야. 저 사람 입장이 되는 걸 상상할 수 있어야 해. 내가 기분 나쁘면 상대도 기분 나쁜 거야.

공중도덕은 최대한 지키려고 해. 내가 지켜야 다른 사람도 지킬 테니까. 하지 말라면 하지 말아야지.

'안녕하세요' '고맙습니다' '죄송합니다'라는 인사를 무척 중요하게 여겨. 주변 사람들이 나를 두고 '인사는 잘하는 애'라고 이야기할 정도야. 인사를 제대로 하지 않는 사람을 보면 별로 가까워지고 싶지 않아. 물론 인사가 행동으로 연결되지 않을 때도 있어. 예전에 한 학교에 강연을 갔는데, 그 학교 인사가 "사랑합니다"였어. 강연 시작 전 모인 아이들이 내게 "사랑합니다" 하고 인사를 하더니만, 강연 내내 어찌나 떠드는지. 5년이 지난 일인데 아직도 생각이 나네.

내가 지키려고 하는 행동은 내가 만나고 싶은 사람들이 했으면 하는 행동이기도 해. 인터넷을 하는 시간이 많이 늘었잖아. 인터넷을 할 때 주의하려고 해. 내가 글을 남기는 건 스마트폰, 컴퓨터일지 몰라도 내가 쓴 글을 보는 건 스마트폰, 컴퓨터가 아니야. 그 너머에 있는 사람이야! 당장 내 눈앞에 보이지 않는다고 그 사람이 존재하지 않는 게 아니야. 내가 직접 만났을 때 말할 수 있을 정도의 말을 해야 해. 물론 나도 예의 없는 행동을 할 때가 있어. 하지만 잊지 않고 실천하려고 노력해. 되도록 예의 있게 행동하는 사람이 되어야지. 지금도 또 생각해 보고 있어.

잘 사는 게 무엇인지, 어떻게 살아야 할지 의문이 들면 이 두 가지를 떠올려. 내가 어떤 상황이든지 이 두 가지만 지키고 살자. 그러면 돼.

자, 이제는 네가 스스로에게 질문할 시간이야. 너는 어떻게 살고 싶니? 잃고 싶지 않은 중요한 가치가 뭐야? 이 질문부터 시작하자. 그게 생긴다면 자주 스스로에게 물어보고 체크하길.

중심을 잡고 차근차근 나아가길 바랄게.

3년 전에 한 미술관에 간 적이 있어. 설치미술관이었는데, 어두운 방 안에서 마이크에 대고 말하면 소리가 방 안 가득 메아리치며 반복되는 거야. 나이 든 여사님이 마이크 앞에 서더니 말씀하시더라.

"나이 드니까 좋다."

그분은 떠났지만 느릿느릿 그 말이 방 안 가득 울려 퍼졌어. 정말 나이가 들면 좋을까? 저분의 인생만 그런 게 아닐까? 함께 관람을 하던 K언니와 나는 우리도 저렇게 말할 수 있는 노인이 되자며 그 방에서 나왔어.

지금 내 삶이 어떤지 궁금하지?

성장소설을 좋아해서 읽고 쓰고 있어. 작품 속 주인공이 성장하면 나도 성장하는 것 같아. 스무 살이 넘어서도 나는 한참을 계속 자랐어. 지난 내 시간을 한마디로 표현하자면 '나를 좋아하기까지'가 아닐까 싶어. 나를 좋아하기까지 시간이 참 오래 걸렸네.

이제는 자신 있게 나를 좋아한다고 말할 수 있어.

어른이 되고 난 후의 목표는 시시한 어른이 되지 않는 거였어. 궁금하지 않은, 기대되지 않는 삶은 살고 싶지 않았어. 언제부턴가 더는 내가 시시하게는 살지 않더라. 이제는 좀 멋진 어른이 되고 싶어. 누군가 나를 보고 저렇게 살고 싶다고 생각하면 좋겠어. 요즘 나는 개그맨 '송은이' 언니를 많이 좋아해. 그분이 해 주는 인생의 조언과 스스로 개척하는 인생의 항로를 보면 많이 위안되더라고. 저 언니 정말 괜찮다, 멋있다! 나도 괜찮은 사람이 되고 싶어.

지금 많이 힘들지? 좋은 말을 해 주고 싶은데, 미안하게도 너의 남은 십대도, 아니 이십대도 힘들 거야. 그런데 그 시기를 겪어 냈기에 지금의 내가 있더라. 고마워. 잘 버텨 주고 있어서. 어른이 된 나는 잘 지내고 있어.

조금씩 단단해지는 너를 응원할게.
네가 누구보다 자신을 많이 좋아하길.
스스로를 많이 아껴 주길.
나도 그럴게.

나는 나를 좋아해.
나라서 좋아.

다행히 괜찮은 어른이 되었습니다

초판 1쇄 발행일 2021년 4월 19일
초판 7쇄 발행일 2024년 1월 29일

지은이 김혜정
펴낸이 정은영

펴낸곳 (주)자음과모음
출판등록 2001년 11월 28일 제2001-000259호
주소 10881 경기도 파주시 회동길 325-20
전화 편집부 02) 324-2347 경영지원부 02) 325-6047
팩스 편집부 02) 324-2348 경영지원부 02) 2648-1311
E-mail jamoteen@jamobook.com

ISBN 978-89-544-4701-0(43810)